吕永岩 著

追梦鸭绿江

山西出版传媒集团

北岳文艺出版社
BEIYUE LITERATURE & ART PUBLISHING HOUSE

图书在版编目（CIP）数据

追梦鸭绿江 / 吕永岩著 . — 太原：北岳文艺出版社，2017.1
ISBN 978-7-5378-5096-4

Ⅰ．①追… Ⅱ．①吕… Ⅲ．①纪实文学－中国－当代 Ⅳ．① I25

中国版本图书馆 CIP 数据核字 (2016) 第 323525 号

书名：追梦鸭绿江
著者：吕永岩

总策划：郑健　李鑫　郭松
执行策划：畅浩　牛晓红
责任编辑：王朝军
助理编辑：畅浩
书籍设计：张永文
印装监制：巩　璠

————

出版发行：山西出版传媒集团·北岳文艺出版社
地址：山西省太原市并州南路 57 号　邮编：030012
电话：0351-5628696（发行部）　0351-5628688（总编室）
传真：0351-5628680
网址：http://www.bywy.com　E-mail：bywycbs@163.com
经销商：新华书店
印刷装订：山西人民印刷有限责任公司

开本：787mm×1092mm　1/16
字数：136 千字　印张：11.75
版次：2017 年 1 月　第 1 版
印次：2017 年 1 月山西　第 1 次印刷
书号：ISBN 978-7-5378-5096-4
定价：29.80 元

★

鸭绿江是一条独特神奇的界江，界江的边防官兵更是蒙有一层神秘的面纱。《追梦鸭绿江》将带你走进鸭绿江悠久的历史，了解鸭绿江神奇的传说，传承鸭绿江独特的魂魄，领略鸭绿江美丽的风光，聆听鸭绿江两岸中朝鲜血凝结的恋歌，融入今日鸭绿江边防官兵忠诚奉献的生动诗篇。

contents ⊕

目录

═★═

第一章

盈盈绿水
——鸭绿江的故事
/ 001

"鸭绿江"的由来 / 001

从"小家碧玉"到"大家闺秀" / 003

传说中的"哨" / 005

百态瀑布 / 006

大自然的鬼斧神工 / 008

中朝"一步跨" / 011

四季分明温柔江 / 012

森林悲欢 / 013

第二章

默默忠诚
——边防军的故事
/ 015

边防武警"第一哨" / 015

望穿山洞"155" / 017

江畔孤岛"东江站" / 019

故事,从陆地到水上 / 024

第三章

悠悠底蕴
——鸭绿江的故事
/ 029

尘封的历史 / 029

在水一方 / 030

万里长城东起虎山 / 033

甲午悲歌的余波 / 034

傀儡皇帝的句号 / 036

不屈的民族脊梁 / 039

第四章

巍巍英灵
——边防军的故事
/ 043

"总会胜利的" / 043

不轻言放弃 / 045

平凡中的英雄 / 048

不相信倒霉 / 053

第五章

融融两岸
——鸭绿江的故事
/ 059

友谊的界江 / 059

跨江彩虹 / 062

"端桥"的故事 / 064

"中朝友谊桥" / 069

第六章

凛凛正气
——边防军的故事
/ 071

真敢玩儿命! / 071

防"万一"不惜"一万" / 074

光彩不减 / 078

有这一条就值了 / 080

第七章

淼淼星舟
——鸭绿江的故事
/ 083

光绪江艚 / 083

"木把"人生 / 085

排工今昔 / 090

拦江水电 / 094

"木都"变迁 / 096

第八章

绵绵奉献
——边防军的故事
/ 099

果然是个人才 / 099

泪写的誓言 / 101

降伏恶魔 / 103

是哨所，也是学校 / 107

"边"就离不开"防" / 111

百姓的守护神 / 115

位卑者的追求 / 118

第九章

烁烁明珠
——鸭绿江的故事
/ 121

长白风情 / 121

林海白山 / 123

遗迹宝库 / 126

绿水奇人 / 130

北国江南 / 131

杜鹃王国 / 134

东方丝绸之路 / 137

英雄城的黑色幽默　　　　　　　/ 139

一个大胆的梦　　　　　　　　　/ 141

第十章

炽炽熔炉
——边防军的故事
/ 143

助人长进是"必须的"　　　　　/ 143

小故事，大智慧　　　　　　　　/ 146

"0.46"连着强军梦　　　　　　/ 148

有过一次惨败　　　　　　　　　/ 153

从"尊重"到"我的责任"　　　　/ 155

踩了"地雷"会没辙吗?　　　　　/ 160

边防"高富帅"　　　　　　　　/ 163

有的是"绝活"　　　　　　　　/ 164

本性也不难移　　　　　　　　　/ 167

意外出现的黑马　　　　　　　　/ 170

盈盈绿水
——鸭绿江的故事

"鸭绿江"的由来

这个世界上知道鸭绿江名字的人不算少。中国至今还有很多人是听着"雄赳赳，气昂昂，跨过鸭绿江……"的歌成长起来的。可是，尽管人们熟悉鸭绿江这个名字，但真正了解鸭绿江的人似乎并不多。

每条江都有源头，就像每个飘泊的游子都有母亲一样。所不同的是：关于鸭绿江的源头，有过许多说法，并且有的说法还是人云亦云，不那么准确。

不少人说，鸭绿江水发源于天池，并且许多有影响的志书也是这么说的。或者由于书上这么说，人们才跟着这么说。因为对一些人来说，到鸭绿江边看看虽说不算难，但是翻山越岭地去察看鸭绿江的源头，那就不那么简单了。

鸭绿江的源头很荒僻，并且历史上更荒僻。尽管荒僻，还

⊕ 天池

是有人肯于求真。世界上总是有一些不满足人云亦云或雾里看花的人。

　　中国最早踏查鸭绿江源头的人，似乎应属 18 世纪清王朝的乌拉总管穆克登。他因为奉的是一代圣主康熙的旨意，所以组织的阵容相当庞大。不仅有大、小随行官员，有专门负责绘图的画员，有侍卫，有逢山开道、遇水搭桥的斧手，而且还有木舟，有马匹，有丰富的给养。

　　继穆克登之后踏查的又有安图县知事刘建封。这是清光绪三十四年（1908 年），也就是 20 世纪初的事。刘建封显然属于那种办事认真又极有才干的人。他不但彻底查清了松花江、图们江、鸭绿江三江之源，而且写出了浩繁的著述。其中有许多是传世之作。

　　刘建封的《长白山江冈志略》称：鸭绿江"自头道沟至二十四道沟，由此而上至两江口，西为暖江，东为剑川江，实鸭绿江之两大源，而到者廖廖也。"

　　暖江也叫爱溥江，它发源于长白山三奇峰南麓，距离天池 20 余公里。因为

⊕ 春天长白山的大雪

水流穿行于沙下，时断时续，若隐若现，所以当地的中国人叫它干巴沟，还有人叫它大旱河。大旱河往下，水流逐渐大起来，当地人才叫它爱潺江，也就是暖江。

剑川江朝鲜人叫"葡萄河"。它发源于南葡萄山。暖江与剑川江汇合的地方叫"大双岔口"。双岔口以上属鸭绿江源。双岔口以下才叫鸭绿江。

鸭绿江的名称最早出现在中国历史上的唐朝。在此之前，中国的汉朝称它为马訾水，隋朝称它为鸭绿水。唐贞观十九年（645年）才开始叫鸭绿江，据说采用此名是因为江水又清又绿，看上去很像鸭头羽毛的颜色，所以"鸭绿"就一直属于这条江了。

还有一种说法是：鸭绿江是满族人的母亲江，鸭绿江在满语中是"边境"的意思。持这种观点的自然大多是满族人。他们世世代代生活在这条江边，当然十分喜欢这条江。

不过，民间还有流传更广的说法。这种说法由于融入了人们美好的理想，一般都很浪漫。人们说：很久以前，天上的仙女们发现长白山天池水面明亮如镜，她们欣喜之余，就由天而降，脱了衣裳，跳进水里沐浴、玩耍。等她们意识到天色已晚，应该回转上天的时候，她们才发现自己的衣裙全都被水浸湿了。于是仙女们就用力地抖衣裙。由于仙女们的衣裙全是鸭绿色，所以抖下来的水也就成了鸭绿色。这些水顺着山谷不断地朝下淌，于是就形成了鸭绿江。

不知是因为传说美妙才使得鸭绿江美妙，还是因为鸭绿江美妙才使得传说美妙。总之，鸭绿江在人们的心中是美妙的，鸭绿江也实实在在是优美的。

从"小家碧玉"到"大家闺秀"

历史上，人们习惯把鸭绿江分为上江、中江和下江。

⊕ 上游鸭绿江

鸭绿江的上江从双岔口开始，盈盈绿水南流30余公里，至23道沟，有沟水自右岸注入。同时左岸江上峰有深浦里沟水注入。再向下，22、21、20道沟，19道沟，一直到中国吉林省长白朝鲜族自治县城的前缘，有沟就有水注入。再向下，一江鸭绿水转而西流，左岸有虚川江水汇入。再向下，几经转折，通过右岸10道沟壑至临江，沟沟都有绿水汇入。同时，左岸又有长津江注入。这段河谷宽50—150米。一江绿水，在犬牙交错的山涧沟谷中穿行，忽而湍急咆哮，忽而轻波软语。当行临悬崖，前面再无坦途可走的时候，江水便凭空跌落，掀起万朵浪花。

鸭绿江中江，东自八道沟，西全水丰。其中八道沟全错草沟一段长约100多公里。右岸系中国吉林省白山市地界，左岸系朝鲜中江郡。百里鸭绿江水弯曲如一张弓背。进入中国吉林省集安县一直向西南流，又长约170多公里，沿途有20几条支流注入。这时河谷已宽200—2000米。如果说鸭绿江的上江是"小家碧玉"、潺潺流水的话，那么鸭绿江到了中游，那就是"大家闺秀"、浩浩江波了。

鸭绿江中江末端纳入的最大河流是浑江。浑江发源于中国吉林省临江县西北80余公里处的三岔子岭南山谷，经中国的通化、桓仁、集安汇入鸭绿江，全长约350公里。

鸭绿江下江为中国辽宁宽甸至大东沟入海段。其中在宽甸境内流长216公里，纳入的主要河流有浑江、大蒲石河、大安平河、瑷河等。由宽甸进入中国丹东，江面逐渐宽阔。这时右岸汇入的河流主要有大沙河、7道沟水、6道沟水、5道沟水、挂网河水等。再向西南流，分两江口：南江沿朝鲜境入海；北江沿中国丹东，经赵氏沟门南，受赵氏沟水，再西南，受老头沟水后，又向西南入海。江口位于东经124.9°，北纬39.49°。全长795公里。

传说中的"哨"

鸭绿江有时平缓得像一面镜子，有时却又狂躁得像一匹脱缰的野马。当然，波澜不兴有波澜不兴的诗情，狂涛翻滚也有狂涛翻滚的画意。

中国古人有诗曰："乱石穿空，惊涛拍岸，卷起千堆雪。"这里的"雪"指的是浪花。鸭绿江好像很少有惊涛拍岸的时候，不过惊涛拍石的地方却很多，并且照样能卷起诗中说的那种千堆雪。这惊涛拍石的地方，人们通常称它为"哨"。之所以叫"哨"，大概是因为水流到这里有响动，能发出声音，而且有的地方声音还相当大，似乎惊心动魄。

鸭绿江总共有多少个"哨"，没有人认真地做过统计。鸭绿江许多"哨"的名字都很特别，也很有意思。譬如：小老虎哨、黑驴子哨、老母猪哨、谷草垛哨、二马驹哨、王八脖子哨、猪油瓶哨、锅炕哨、耍孩子哨、妈妈哨、老乌砬子哨、秋皮哨、地缸哨、万宝盖哨、裤裆哨、半拉壁哨、兔子牙哨、三把葫芦哨、燕脖子哨等等，而叫得最多的似乎就是门槛哨。

鸭绿江上游的门槛哨，因为江面上横卧了一道虎牙交错的礁石，江水从礁石上飞流而下，形成一道门槛式的银色水帘，所以也就叫了"门槛哨"。门槛哨早年也叫"龙门"。传说鲤鱼跳过这"龙门"，就能一跃成为腾云驾雾的蛟龙。这个世界，有了真正意义的人的时候，已经没有"龙"了，更不用说鲤鱼变的"龙"了。不过，这并不影响人们的想象。中国民间"鲤鱼跳龙门"的说法一直流传至今，从来没有间断。

其实，有传说的"哨"远不止门槛哨一处，有的"哨"的传说还相当曲折，譬如"拉蛄哨"。

人们说，很久很久以前，鸭绿江边来了一位老汉。老汉有一个十分漂亮的女儿，她因为喜爱父亲从江中打捞上来的一个拉蛄夹子，后来被江里的一个拉蛄精知道了。原来这个拉蛄夹子就是拉蛄精蜕下来的。有一天，拉蛄精把自己变成一个英俊的小伙子，来看老汉的女儿。没想到老汉的女儿漂亮得赛过了天仙。于是拉蛄精就动了凡心。它与老汉的女儿产生了爱情。这件事传到黄海龙王的耳朵里，龙王大怒，立刻下令把拉蛄精给关了起来。当时鸭绿江上有一伙江盗，他们一直在打老汉女儿的坏主意。拉蛄精一被关押，江盗的胆子就大起来了。他们抢劫并强暴了老汉的女儿。老汉的女儿投江自尽了。拉蛄精知道了恋人被害的消息，于是狠狠惩罚了那些江盗。然后自己留在了恋人投江的地方，不肯离去。龙王得知这个消息，一怒之下，就把拉蛄精变成了一个石拉蛄。这个石拉蛄从此就一直趴在这江哨上。

这样的传说不知流传了有多少年，自从有了江边的人，就有了这些传说。

百态瀑布

如果说鸭绿江险，险在"哨"，那么，鸭绿江美则美在它的瀑布上。

同没有人能说得清鸭绿江有多少哨一样，也没有人能说得清鸭绿江有多少瀑布。如果说鸭绿江水天上来，那么，这些天上来的水就表现为瀑布。

瀑布是天然的，但瀑布的名字却都是当地人给起的。

珍珠帘瀑布位于鸭绿江上游关门砬子峡谷 13 公里处。水旺的时候，瀑布宽有 30 米，串串水珠，看上去恰似银帘，又像珍珠，所以人们就叫它珍珠帘瀑布。

⊕ 水帘洞瀑布

位于珍珠帘瀑布南侧还有一个水帘洞瀑布。水帘洞很容易使人联想到中国神话小说《西游记》里孙悟空住的那个地方。实际上这里的水帘一点儿也不比孙悟空那里的水帘差。遗憾的是没有水帘洞里的花果山。不过，这水帘洞下面却有个"仙女潭"，也有人叫它"虎乳潭"的。叫"仙女潭"的人们说，曾经有仙女在这里洗过澡；叫"虎乳潭"的人们说，过去这里有母虎，还有小虎。母虎的奶水不够，于是就带小虎来饮这潭里的水，以水代奶，竟然照样喂养大了小虎。"虎乳潭"的意思是说这水像虎乳一样有营养。

按说，潭里的水再好也比不得虎乳。不过，这里的人们还是异口同声地说这潭里的水确实好，人喝了不但解渴，还解乏，浑身有劲。时而有伐木工人在这潭里洗浴。那情形，似乎比不上传说中仙女洗浴那样具有美感。

鸭绿江还有一个虎跳峡瀑布，据说老虎踏着虎跳峡的石头可以涉过河去，所以就有了虎跳峡这个名字。

虎跳峡瀑布长达 24 米，分四级跌落而下：第一级人称白龙拖链，第二级人称白龙穿涧，第三级人称白龙吐珠，第四级人称白龙进潭。整个景观人称"白龙游涧"。

鸭绿江中游支脉的青山沟有一个号称辽宁第一瀑的青山飞瀑。如果把鸭绿江比作银河，那么青山飞瀑就是

⊕ 一线天瀑布

⊕ 青山飞瀑

银河里的一颗星，并且是一颗具有夺目光彩的星。涧水飞流直下，腾挪辗转中似有万朵白色的莲花昂首怒放。这飞瀑之下，也有一个仙女潭。谁也说不清鸭绿江流域总共有多少个仙女潭，似乎有瀑就有潭，有潭就称仙女潭。

有趣的是，与青山飞瀑对应的还有一个将军岭下的石猴。瞧石猴那一副挤眉弄眼的俏皮样！假如仙女潭真的有洗浴的仙女，一旦发现这调皮的石猴，不知该做何举措。不过，当地的人似乎没想这么多，他们只是把这石猴与飞瀑联系起来，给它取了个名字叫："石猴观瀑"。

鸭绿江最高的瀑布大概要数虎塘沟的虎啸瀑了。虎啸瀑从百余米高的山巅飞流而下，仿佛真的从天而降。与虎啸瀑相邻的还有九曲天水，60余米高的岩壁，一线天水跌来荡去，恣肆迂回，凌虚而下，壮观之极。据说这里早年真的有虎择洞而居。虎啸之声相闻，所以就有了虎啸瀑的称谓。

大自然的鬼斧神工

鸭绿江瀑布奇异，瀑布所依的山石更奇异。一道道石墙，一根根石柱，如不是亲眼所见，谁也不能相信这竟是大自然的鬼斧神工。其实这叫玄武岩条石。

距今大约 2500 万年，地球上发生全球性造山运动，长白山一带的地壳发生断裂、抬升，地下深处的玄武岩熔液沿着地裂带溢出，构成了玄武岩台地；距今大约 300 万年前，地球又进入新构造运动时期，长白山一带的地壳以断块式的方式上升，伴随玄武岩溶液的溢出，形成现代倾斜玄武岩高原的主要组成物质，鸭绿江河谷形态就是在这时基本形

⊕ 道沟玄武岩条石

成的。距今大约 200 万年的全新世中期地质年代，长白山的火山转为以现在的主体为中心爆发式的喷发，形成了长白山锥体及长白山天池，有的地方的断裂带形成温泉；到了全新世末期，地壳处于相对稳定状态，河流的侵蚀作用加强，鸭绿江两岸形成两级以上河阶地。

鸭绿江边的仙人峰。孤峰突起，顶峰宛如巨大的擎天圆柱。古人称这里为棋盘坨。传说很久以前，有一渔翁，将船泊于鸭绿江边，自己信步登上这棋盘坨，见有两位鹤发银须的老人正在坨上下棋，渔翁便在一旁观看。一盘棋还没下完，渔翁匆忙下山时，只见自己的渔船已经变成了一摊朽木。当地人说：这条船停在江边已有十年光景。渔翁这时才如梦初醒，知道下棋老者乃是神仙。石岛由此就有了仙人峰的称谓。

洞中方一日，世上已千年。中国的许多神话传说都表达出这样一种意向：似乎这个世界上存在两种时空。生活在某种特定时空里的人很难理解另一种时空。当爱因斯坦的相对论不断为今天的人们所认识的时候，中国神话传说中的这种时空观似乎不仅使人感到神秘，而且开始变得耐人寻味了。

鸭绿江边的鸡冠砬子，因状如鸡冠而得名。也有人称这里

⊕ 仙人峰

为"长白小桂林"。美不美，家乡的水。人们总是乐于将溢美之词冠于家乡的。不过，鸡冠砬子风光确有奇异之处：座座奇峰，自北向南，列仗而立，形影相随，珠联璧合，浑然一体。据说鸡冠砬子峰顶时常有紫蓝色的云雾笼罩，微风徐来，紫云依山飘荡，云姿山色，变幻万千，给人一种如临蓬莱仙境的感觉。

更奇的是，鸭绿江沿岸有许多地方冬暖夏凉。譬如长白梯子河，夏天人们到这里要穿大衣，所以就有了天然冷库的称谓。还有鸭绿江支流上游的青山湖，炎热的夏季，一隅石缝的最低温度竟能达到零下十二度。姿态各异的冰凌如果结在严寒的冬季，并不为怪，可是结在酷暑盛夏，人们就不能不惊诧称奇了。

人类赖以生存的地球，地壳下面有岩浆，岩浆当然是热的。可地壳下面也有冷气。夏日清晨，冷气由地下喷出，冷热交织，于是这里的湖面上就出现了腾挪辗转的一条白雾，白雾越过湖面，连接起湖的东南岸和西北岸，久久不散。当地人称这一奇观为"白龙过江"。

野杜鹃花每年只开放一次，可鸭绿江有的地方野杜鹃花每年能开放两次。春天开一次，秋天还要开一次。梅开二度在这里不再只是一种美好的理想，而是活生生的现实。

⊕ 白龙过江

中朝 "一步跨"

鸭绿江当然还有许多岛屿，这些岛屿有天然生成的，也有人为造就的。

位于鸭绿江下游的河口村，原是一片平坦的冲击平原。后来中朝两国联合在下游修建水

⊕ 鸭绿江一步跨

电站，大江被拦腰阻断，水位上升，河口村周围的大地变成了一片湖泊。村庄的高处变成了江心岛，近千户村民由临水而居转变为环水而居。于是，这里不但家家有了渡船，而且家家有了自己的码头。这大概是世界上最小的码头了。

人们说，河口村美，不仅美在家家有码头，更美在这一眼望不到边的桃花。每逢春天，百花盛开争奇斗艳的时候，岸上开遍了桃花，江中落满了花瓣。岸上是花，江中也是花。十里花香，十里河长，十里画廊。

满山满坡的桃子红了，红红的果实朝霞般倒映在江面上，比起春天开放着的美丽又别有一番情致。这是殷实的美丽，是收获的美丽。河口村的桃子名叫艳红桃，它个头大，含糖量高，味道十分鲜美。这显然也得益于鸭绿江水。

鸭绿江宽则上千米，窄则不及半步，当地人称"一步跨"。意思是说一步就能迈过去。尽管这样，人们还是不能随便迈。因为这是一条界江。"一步跨"是需要签证的。不经签证允许，跨过去就等于越境了。和平的界江照样需要有国境意识。不过那些牛、羊、鸡、鸭什么的就不晓得什么叫国境，它们看哪儿有好吃的就毫无顾及地朝哪儿去，它们的这种行为常常会被反映到远在北京的中国外交部。于是，管理好牛、羊就成了人们经常提及的重要问题。

四季分明温柔江

鸭绿江还是一条四季景色分明的江。春天的鸭绿江像刚刚从甜梦中醒来的少女，温柔中含有几分娴静。而夏天的鸭绿江就多了几分热烈。到了秋天，鸭绿江似乎就成了走向成熟的少妇。

那么冬天呢？冬天的鸭绿江像什么呢？冬天的鸭绿江似乎又还原成了"大家闺秀"，悄然沉睡于冰雪深闺，但等早春的那阵柔柔暖风来把她唤醒。所以有人说，冬天的鸭绿江是一个睡美人。

冬天的瀑布是凝固的，凝固得如诗如画。偶尔，凝固中还有流动。要不是亲眼所见，谁能想象玻璃罩一般玲珑的景观会是天然形成的呢？

鸭绿江是一条美丽的江，也是一条温柔的江。鸭绿江从没有断流，也很少泛滥。当这个星球上的一些大河枯竭断流，另一些大江肆虐泛滥的时候，人们似乎猛然醒悟到了维护生态环境的重要。事实上，鸭绿江沿岸在生态环境保护上，也经历过一段耐人寻味的历史。

鸭绿江流域降水丰富，所以水量大，平均每年流入黄海的水量为305.1亿立方米，丰水年达478亿立方米，最枯水年也有166.9亿立方米。以单位面积计算，平面每平方公里年产水量为49.3万立方米，即

⊕ 冬日鸭绿江

年径流深为 493 毫米，为中国东北诸河之冠。

森林悲欢

鸭绿江沿岸是森林的故乡，无边无际的原始森林中曾蓄积有大量的油松、红松、刺松、赤白松、黄花松、杉松、棒松、鱼鳞松、刺秋、椴树、黄菠萝等珍贵树种。明代以前，这里人迹罕见，森林自然得以平安生长。清王朝建立后，很快实行了封禁政策，制定了许多保护山林的条款，并严格加以实施。当然，那时紫禁城里的皇上想的并不是什么环境保护、生态平衡。他们想得更多的是对自然资源的独家占有，还有就是防止边民窜扰；另外一个原因就是自然崇拜。清王朝曾把鸭绿江所在的长白山地区视为龙兴之地。这是爱新觉罗家族发迹的沃土。其实，不仅爱新觉罗家族，早在中国的唐代，长白山就曾被封为"神应公""灵应公"，后来又被封为"开天宏圣帝"。不但称"公"，而且称"帝"，地位与皇帝等同，如此这般，寻常人哪里还敢在这里轻举妄动呢！

当然，这只是历史的一个阶段。皇帝要借助自然的力量而尊崇名山，要封山、禁山，老百姓则要养家糊口，要活命。所以后来还是有了冒天下之大不韪的盗砍、盗伐。对此，朝廷的打击是认真的。他们调兵遣将，对盗林者进行追捕，一旦抓获，不是施以重刑，就是强行流放。最远的，会一直发配到新疆。

遗憾的是，到了清朝末年，朝廷不仅腐败，而且无能。于是日本侵略者便乘虚而入。他们制造事端，迫使清政府签定了一个又一个不合理的条约、章程，紧接着，就在这些所谓"条约""章程"的掩护下，开始了对鸭绿江沿岸森林资源的疯狂掠夺。

这是一种大面积的掠夺，这又是一种不计后果的掠夺。鸭绿江沿岸的森林资源遭到了严重的破坏。长白山在流血，鸭绿江在哭泣。

屈辱的一页总算过去了。新中国成立以来，中国先后在吉林的安图、抚松、长白三县21万公顷的土地范围内开辟了自然保护区，并成立保护局。1979年，中国科学院设立了长白山森林生态系统定位站。1980年1月，长白山被联合国列入"国际生物圈保护区"。

很难说清楚是由于人们爱这条江，所以江水才清澈，还是由于江水清澈，人们才更爱这条江。总之，鸭绿江是迷人的，也是诱人的。

望江楼。同样的楼，同样的称谓，在鸭绿江边最少有三个。人们依江而居，靠江、临江，时时还要望江。滔滔鸭绿江，有多少痴情的父老乡亲，又有多少感人肺腑的歌啊！

默默忠诚
——边防军的故事

边防武警"第一哨"

军人在特定场合与国旗一样，是一个国家的象征。有界江一般就有军人，鸭绿江似乎也不应例外。

在很长一段时间里，鸭绿江中国一侧的官兵与中国其他地方的边防军人有明显的不同。因为他们并不是真正意义上的边防军，他们只是边防武装警察。

西方国家的"警察"一词最早起源于古希腊，曾包含有维护奴隶制国家秩序的意思。到 14 世纪末期，法国吸收"警察"这个词，则把它引申为"使国家趋于稳定和秩序的一股保安力量"。如果说边防军更侧重对外维护国家主权和领土完整的话，那么以往的边防武装警察侧重的则是对内维护秩序和治安。

2003 年以前，鸭绿江中国一侧驻守的不是边防军，而是边防武装警察。鸭绿江是一条和平的界江。

⊕ 常被大雪覆盖的"第一哨"石碑

当然，和平的界江也是界江。具体到同样是一身草绿色的官兵，尽管名称有不同，任务、职责有侧重，但军人的忠诚与奉献却是共同的。

"鸭绿江第一哨"是距离鸭绿江源头最近的一个边防武警分队。这里的鸭绿江窄得令人难以置信。不用说冬天，就是夏天的旺水季节，这里的江段一步也能跨过去。

江道窄，责任并不轻。一代又一代的边防军人就是在这里，默默表达着对祖国和人民的忠诚。

"第一哨"最早建的是极其简陋的木板房。冬天，人撤走后，大雪就把房子压塌了。官兵第二年进点后，只好再重新搭建。后来，上级拨了一台报废的雷达车，放在"第一哨"当营房。雷达车里的面积不足8平方米，官兵总共是8个人。8个人住8平方米，那种拥挤的状态，没有亲身经历的人是很难想象的。

况且还有白天的热和夜晚的冷呢。车怎么说也不是房子，车既不隔热，又不保暖。白天说热就热得像蒸笼，夜晚说冷就冷得像冰窖。即使这样，官兵们也毫无怨言，他们幽默地戏称自己是穿橄榄绿的大篷车吉普赛人。

后来"第一哨"有了真正意义上的房子，但还是没有电，没有正常的娱乐。夏天蚊子特别多，个头大，毒性强，咬起人来，特别厉害。官兵们说，这里的几个蚊子就能装满一个火柴盒。

当然这里也有不少的优势。譬如有山有水，空气好。再有就是鸭绿江河流，夏天无比的凉爽。山下送来的肉菜等食品，放到水里十天八天不坏。所以官兵们说这里的水是不用电的天然冰箱。

望穿山洞"155"

上游有上游的难处，下游也有下游的寂寞。下游一座横跨鸭绿江的铁路大桥明显不同于其他跨江大桥，这座桥是荒僻的，对许多外地游客来说，是鲜为人知的。

其实，不仅是外地人，就是在当地，也很少有人知道这座桥的名字，他们称这座桥为大铁桥。而这里的边防官兵则称它为"155"。因为这里有铁路线155公里的路标。

复杂的地理位置使大铁桥在经历残酷的战火之后仍得以完整的保存，但也给后来驻扎在这里的边防官兵带来了诸多的不便。

站在桥头，四面看去，这里三面环山，一面是水。战士们所用的物资一律要从几十里以外的地方背进来。来往的唯一途径是一条长800多米的山洞。洞里没有光亮，新兵进山洞得点燃松木照明。而老兵则没那么复杂，他们只用一根树枝，搭在铁轨上，就能快捷地沿着铁轨行进山洞了。

⊕ 挑战极限

难耐的不是钻山洞，难耐的是这里独有的寂寞。抗美援朝战争结束后，这里就再没通过火车，当然更没通过汽车，因为这里没有公路，并且这座大铁桥还是边境禁区，如此这般，这里便自然而然地与世隔绝了。

　　许多新战士从入伍到这里就没下过山。战士把下山当作最高兴的事，因为下山能见到很多人，见到小伙子、大姑娘，甚至他们现在穿什么衣服，这些鸡毛蒜皮的小事，他们都会当牛皮吹破天。

　　"155"的朝阳坡下有一座小坟，黑土掩埋的是战士们的无言战友"大黑"和"黄利"。大黑和黄利算不上军犬。它俩是谁从哪儿带来的？后来的兵们说不清楚。但是他们知道，大黑、黄利到这里以后，就成了这里的第16和第17名"战士"。战士们更忘不了，当初在他们最寂寞的时候，是大黑和黄利欢蹦乱跳的玩耍营造了特有的乐趣；而在冬、春蔬菜淡季，战士的餐桌单调无味时，又是大黑和黄利出其不意地从大山深处叼来野味，供战士们美美地饱餐一顿。一年一度的老兵退伍，送别送得最远的也是大黑和黄利。从日出到日落，大黑和黄利一送就是一整天。直到天黑了，两只狗才呜呜地叫着回来了。它们跑了多长的路，送出去有多远，似乎只有鸭绿江边的大山才能说得清楚。

　　两个无言战友，陪伴着边防战士度过了鸭绿江一个又一个枯水期和旺水期，度过了鸭绿江畔一次又一次花开花落。与世隔绝的环境阻断了大黑和黄利接触新伙伴的机会。两只狗临终时，病榻前含泪的只有"155"的官兵们。

　　很难说是因为战士们忘不了大黑和黄利的功绩，还是因为这里的战士太孤寂了，他们没有请示上级，就自作主张地破例在营区外为两条狗建了一座小坟。每年的清明节，战士们都要来到坟前举行祭奠。新战士入营，老战士会带他们到坟前给他们讲述大黑、黄利的故事。大黑和黄利虽然早已离开人世，但它们的故事却成为今天偏僻哨所最为动人的话题。

有坟，还有碑。"生伴警营安危，死与日月同辉"的碑文，不知出自哪位战士的手笔。有所夸张的措辞传达给人们的似乎不仅仅是战士的稚气和单纯。

隔绝的寂寞也是一块磨刀石，意志和品格在这里会得到超常的锤炼。执勤之余，战士们在荒山坡上开垦出菜地，巴掌大的地方，虽然解决不了太多的蔬菜供给，但带给战士们精神上的充实却不是金钱所能衡量的。

如今"155"已经有了公路，这里再不像以往那样与世隔绝了。南来北往的人给这里带来新的气象，也带来新的情况。军人的神经任何时候都要绷得紧紧的，因为他们肩负着神圣的使命。无所事事的轻松从来都不属于他们。

江畔孤岛"东江站"

当年闭塞的"155"咋说还有个山洞，而当年东江边防工作站却连进出的山洞也没有。他们面前唯一的通道就是工作站前面的鸭绿江。

工作站总共有3名干部、5名战士，担负着两个边境村的治安管理和36公里长的边防线的保卫任务。边防站距最近的乡政府25公里，距县城75公里。无冰期出门靠划船。冬天江面结了冰，人在冰上走，手里得拿根长木棍。因为结冰的大江要喘气，出气的地方就有气眼，气眼也就是冰窟窿。它的表面有一层很薄的冰，人走上去就会掉进江里。从气眼掉进江里不同于一般的落水。一般的落水人是在水里。从气眼落水，人不仅是在水里，而且是在冰下面的水里，当地人称这种情形为"顶锅盖"。人一旦这样顶了"锅盖"，不仅性命难保，而且死了常常连尸首都找不着。所以就得拿根长木棍。这样一旦掉进气眼，手里的木棍能横在冰上，人靠横在冰上的木棍就能从水里逃出来。

　　更难的是每年封江后和开江前的三两个月，这时的鸭绿江，因为有冰不能行船，因为冰不牢固不能过人。交通中断，站里所有的供给，都只能靠预先的储备。工作站订的报纸不再是书报的报，而是抱住的"抱"了。至于家书，则三五个月寄不出去，邮不进来。等江上的交通恢复，成堆的报纸和信件就不是"折子戏"，而是"连续剧"了。

　　东江边防工作站有位副站长叫高万仞。为了增加站里的副食供给，改善生活条件，他一个人搬进远离工作站几公里的深山沟。他自称是深山沟的农场场长。可是深山沟里除了有1头驴、3头猪、70多只羊、20多亩地和2000多棵板栗树之外，连一个兵也没有。不满30岁的高万仞一天到晚面对的是土地、树木，再就是几十头哑巴牲口。想说话，只能说给自己听。那次他好不容易盼来了在县城工作的妻子。不料，满腔热情奔"场长"来的妻子，一看这里除了高万仞，再没有第二个人。并且农场唯一的一间破草房，窗框上连玻璃都没有。晚上蚊子咬，野狼叫，偶尔还有不知从哪儿钻出来

⊕ 国门卫士

的蛇。妻子胆战心惊地陪"场长"丈夫住了一个星期，就再也住不下去了。离别的时候，一对小夫妻抱在一起，默默地流泪。

高万仞觉得自己一个人的日子很像中国历史上的那个苏武牧羊，只不过他是自己主动要求这么干的。他在农场工作了一年又一年，每年为站里所创的收益都超过两万元。两万元不是什么大数目，但这两万元中所蕴含的精神却感染了一茬又一茬在工作站工作的战士。

战士们所处的环境似乎也好不了多少。边防站驻地东江村只有十户居民，其中一户是满族，另外九户都是朝鲜族，再多一户都没有。不知是因为边防站与村民关系处得好，还是因为想多凑个数的考虑，这里的居民一直亲切地称边防站为"国境线上的第十一户人家"。

十一户人家中就有满、汉、朝鲜三个民族，三个民族使用三种语言，有三种不同的生活习惯。小村还有一个与数字相关的是两面红旗。两面红旗一面是边防站的，另外一面是小学校的。小学校里开始有一名教师，五名学生。五名学生分属两个民族，分为三个班级。后来剩下两名学生，一个班级。但不管学生多少，站里的干部战士照样坚持定期到学校给学生上思想品德课，有时还顶替老师给学生上文化课。不知是老师功夫到家，还是边防官兵辅导认真，不起眼的小小山村学校竟然走出了七个大学生。

边防工作站有一部电话。在没有手机的年代，这部电话就是这一带与外界联系的唯一窗口。人都是有亲戚的。十户人家，外面的亲属当然不止十户。另外还有乡里、县里的一些紧急公事。所有这些都要通过边防工作站的电话进行联系。工作站每天都会接到一个或几个这样的义务电话。每次接到电话，值班人员都认真记录下来，然后再逐家逐户地去转告。有时为了转达一个电话，战士们要走十几里的山路，但即使是这样，他们也乐此不疲。

　　属于边防工作站职责范围内的，边防官兵服务上门。对职责以外的，边防官兵也满腔热情地主动伸出友谊之手。

　　村民崔金子一次不小心把手指头卡断了。边防工作站得知消息，马上打电话给他联系车辆和医院。由于车到得及时，医院抢救得及时，崔金子的手指头保住了。多年后提起这件事，崔金子仍然充满了感激。

　　朝鲜族老人池峰义，外来人问他多大年纪，他的回答是"97"。97岁的老人当然儿孙满堂，但尽管儿孙满堂，老人真正的快乐却来自于边防官兵。尤其是世纪之交，儿孙、女婿都先后去外地打工，家里除了老的，就是小的，没有壮劳力。凡是用气力的活，老人都得依靠边防官兵。这些战士不仅充当了老人家的壮劳力，而且还经常登门给老人送医送药。老人总结自己长寿的秘诀，认为一是鸭绿江的山好水好，二是有边防官兵的热心照料。

　　播种亲情当然会收获亲情。边防官兵朝朝暮暮为群众东奔西忙，群众心里自然也时刻想着边防官兵。站里有一个"炊事员大嫂"。大嫂每天早起晚睡，为边防官兵炒菜做饭，从不收取一分报酬。日复一日，

⊕ 鱼水情深

边防工作站的干部战士业余时间成了驻地群众家里的壮劳力，而驻地一些热心的乡亲则成了边防工作站的编外成员。

鱼水亲情有时是用生命凝结而成的。鸭绿江偏僻的一隅，每年的12月1日，江边都会举行祭奠活动。这是朝鲜族特有的祭奠方式。举行祭奠的两个人中，一个叫李元泽，一个叫张正玉。他们年复一年祭奠的不是自己的亲生父母，而是边防工作站的战士金广富。

那天金广富在执行任务途中，发现李元泽和张正玉正吃力地往船上扛装满玉米的麻袋，就主动上前帮忙。航行途中，小船不幸被巨浪打翻。翻船的地方距离岸边只有20米。凭金广富的水性，游上岸是不成问题的。可是金广富没只顾自己。他先是奋力救出了女村民张正玉，接着又用尽最后一点力气，救出了李元泽。这时，金广富的手脚已经被初冬冰冷的江水冻得麻木了，再也无力浮出水面的他被初冬的江水吞没了，永远地离开了这个世界。

李元泽、张正玉忘不了他们遇救的这一天，更忘不了英雄战士金广富牺牲的这一天，每年，他们都会在鸭绿江边祭奠战士的英灵。

水火无情。再美的江也潜伏着危险。东江边防工作站的干部战士在这一带的鸭绿江上救助的两国群众不止一两个,也不止十几个。尤其是冬天,朝鲜方面人或家畜掉进冰窟窿的事故时有发生。工作站的干部战士发现了,每次都舍生忘死地进行抢救。这样的事累计起来,据说不下 70 次。

故事,从陆地到水上

驻扎在鸭绿江畔的官兵,多数都处在偏僻的地域,但也有处于繁华都市的。东港边防检查站,一听名字就知道是负责港口的值勤和边防检查。港口当然是个热闹地方,南来北往的大小船只,中国的、俄罗斯的、美国的、英国的……哪国的船只都有。在这种地方站岗值勤似乎不会太寂寞。

的确,这里有的是船,有的是人,但更多的是责任。长年累月不顾风沙烟尘,一动不动地站在值勤位置上是很普遍的。用战士自己的话说,这是责任,也是作风。

检查站的战士,每天二十四小时轮流站岗。一班岗的时间是两小时,往返路程是一个小时,冬天下岗钻进被窝,暖和过来差不多也得个把小时。夏天港口的水泥地被太阳晒得烤人,站一会儿就汗流浃背。有时赶上任务重、工作忙,干部就带头上岗。外国商人不知内情,一看有干部上岗,就议论说,今天大概有情况,你看连岁数大的都上岗了。

鸭绿江,岁岁年年,目睹了数不清的岸上的故事,也目睹了数不清的水上的故事。

丹东边防巡逻艇支队。岸上或水中的游客或许会以为他们的生活很有趣,很浪漫。至于他们生活的另一面,人们很难想象得到。

1998 年春节前夕,驻地电视台拍摄过一组真实的画面。1 月 18 日,突如其来的寒流使靠近丹东鸭绿江桥的鸭绿江面全部封冻。对于上游的鸭绿江,冬天封冻当然是再平常不过的了。可是对于下游,尤其是江海结合部,封冻带来的流冰灾害则是不可估量的。

军人对险情的嗅觉总有着特殊的灵敏度。边防巡逻艇支队领导一面将冰情向总队汇报，一面立即召集会议，集思广益，迅速采取了一系列预防措施。

976艇是一艘小型巡逻艇，它的甲板厚度不具备破冰功能。可是没有破冰船，破冰任务又迫在眉睫。于是，中队长陈常华奉命指挥巡逻艇下江了。那天他感冒发烧39°，头痛得像要炸开了，可是他没有退却。他指挥战士们利用高速将艇首冲上冰面，然后停车，利用艇自身的重量将冰压碎。小小巡逻艇，一会儿跃上冰面，一会儿跌下冰谷。遇到冰层厚的地方，反复几次冲刺才能前进一步。连续二十几天，976艇没有停歇，最后终于在鸭绿江大桥至边防巡逻艇支队码头上游1.5公里的江面上开出了一条近百米宽的隔离带。事后证明，这条隔离带对于冰排对鸭绿江桥和码头的直接冲击起到了重要的缓冲作用。

1999年2月17日晚，是中国的农历正月初二。鸭绿江畔的人们还沉浸在节日的欢乐之中。大自然突然换了一个脸谱，7级狂风裹着罕见的天文大潮以排山倒海之势席卷而来。潮水卷着巨大的冰块扑向鸭绿江桥，扑向江桥附近的大小码头。恬静的鸭绿江这时狂怒得像一个恶魔。人们都还没反应过来，停泊

⊕ 江山巡逻

在大小码头的 700 多艘各类船舶已经有 14 艘被冰排夹走，有 19 艘被冰排撞沉江中……

大码头告急。锚链一旦脱离缆柱，大码头就会失控，那样一来，不仅价值 3000 万元的船艇和码头毁于一旦，而且码头顺流而下，上千吨的自重加上潮流的惯性，必将对鸭绿江桥造成猛烈撞击，其后果不堪设想。

支队领导沉着应对，当即决定，将停在码头上的另外三艘快艇分别启动主机，利用进车来抵消冰排的冲击力，减轻码头的压力。

这似乎是一场人与自然的拔河比赛。在自然面前，人类并不是无能为力的。大码头最终还是保住了，鸭绿江桥昂然屹立，平安无事。

在这次冰灾中，艇队官兵还及时解救了一些遇难船只，其中包括朝鲜民主主义人民共和国的一艘拖船和一艘驳船。这两条船被冰排夹住，一夜之间，冻在了江里。如果不及时抢救，船就有被冰排夹沉的危险。艇队及时出动了快艇，用快艇一点一点地前进破冰，冰层有 20 厘米厚，官兵一口气破冰两个多小时，解救出了朝方的两条船。朝方船民感动得

⊕ 中朝两军交流

不住地道谢，弄得艇队官兵都不好意思了。

有人说边防巡逻艇支队是这一方群众的保护神，还有人说他们是水上轻骑兵。据说有一段时间，鸭绿江上曾出现过一艘赌船。不法赌徒采取不同方式登上赌船，以为这下子可到了世外桃源，想怎么赌就怎么赌吧，不料突然间就来了巡逻快艇，而且巡逻艇不是来过一两次就完事了，巡逻艇经常

⊕ 两军会晤合作

⊕ 朝军歌颂友谊

来，来得次数多了，赌船没了生意，也就逐渐地销声匿迹了。

当然，江上也有走私，也有偷渡，也有贩毒。对这些乌七八糟的玩意儿，巡逻艇支队都要管，并且这种"管"还正儿八经地属于他们分内的事。除此之外，分外的事他们也管了不少。

多年来，鸭绿江流域的宽甸县碑碣子村的孩子上学都要靠小木船来回摆渡，既不安全，又十分不便，特别是遇到风雨天，小木船不敢下江，孩子们就只能望江兴叹了。

1994 年 6 月，支队有一台小型汽油艇退役。支队领导经过集体研究，决定将这艘小艇修好后，捐赠给碑碣子村小学，作为孩子们的水上交通工具。小艇下水那天，村子像遇到百年没有的大喜事儿似的沸腾了。十里八村的人都赶来看热闹。

孩子们说：以前都是爸爸划船送我们上学，得划两个小时；

现在这个艇是解放军叔叔送我们的；有了这个艇，刮风下雨都不怕了，下雨钻进船舱里就可以了。

　　鸭绿江，一江的富饶，一江的美丽。这美丽当然融入了边防官兵的一份辛劳，一份情意。是啊，战士因鸭绿江而自豪，鸭绿江呢？似乎因战士的崇高更平添了别样的靓丽。

⊕ 一江的美丽

悠悠底蕴

——鸭绿江的故事

尘封的历史

鸭绿江是一条清澈的江、优美的江，也是一条具有悠久历史的江。

不了解鸭绿江的人当然想象不到，早在18000多年前，鸭绿江沿岸就有了人类祖先的活动。

中国丹东所属东沟县前阳中朝友谊乡山城子山，这里本来是一个普普通通的采石场。1982年2月19日，随着轰隆隆一声开山炮响，采石人面前出现了一个不为人知的山洞。好奇的人爬进洞里，意外地发现了一块头骨化石和一块肢骨化石。这件事惊动了当地的治安民警。警察赶到现场，发现人骨已经石化，知其年代久远，于是就通报给县文化局。县文化局经考察，又把情况报告给了省博物馆。

1982年4月12日，化石被送到北京，经考古专家鉴定认为这是与著名的北京周口店山顶洞人同时代的人类化石，具有很高的学术价值。于是，一场更大规模的发掘工作开始了。

18 天时间，联合考古发掘队在这里只打了一个通道，取了 10 立方米的土，竟然发现了 17 种哺乳类动物的化石，它们包括：中华鼢鼠、阿氏鼢鼠、上头田鼠、熊、中华貉、狗獾、南鼬、沙狐、小野猫、狼、鬣狗、猞猁、野马、赤鹿、鹿、东北狍、野猪。另外还有两件打制石器和一些烧过的木炭颗粒，并且还发现了一块牙齿化石。

1982 年 7 月，著名的北京大学为地层中发现的炭屑做了放射性碳（C_{14}）测定。两块人类化石经鉴定，确认一个为 12 岁左右的小女孩，另一个为性别未定的成年人。他们所处的时代为旧石器时代末期。

这就是迄今为止发现的最早出现在鸭绿江畔的"丹东人"，也有人称其为"前阳人"。称"前阳人"是因为他们被发现于丹东前阳乡。称"丹东人"的论据是："北京直立人"发现于北京附近的周口店，却被命名为"北京人"。既然有"北京人"的称谓在前，"丹东人"为何不可以效仿？

但不管怎么称谓，鸭绿江畔人类活动的历史是够久远的了。耐人寻味的是，从"丹东人"的化石不难看出，他们身体的形态与中国西南方向的中原人或沿海人极为相像。由此，人们得出了"丹东人"与中国中原或沿海的人类在血缘和文化上有密切关系的结论。

在水一方

人类总是择水而居，鸭绿江畔发现的这个最早的居民点再次说明了这一点。它位于中国丹东东沟县马家店乡三家子村的后洼屯东部，因此被称为后洼遗址。经过发掘，展现在人们面前的有房址、灰坑，还有数以千计的原始生产工具、数以百计的陶器和数以十计的石雕，这些都是 6000 多年前人类在这里生活的遗迹。刻在石雕、陶器上的龙、虎、猪、狗、鸡、鸟、虫、鱼，还有人像，有关专家认为这些是国内发现的新石器时代最早的原始图腾和人的形象。

有人类活动，就有政治。如果把政治狭义地理解为一种治理或者是控制的话，那么，呈现在鸭绿江畔的城池遗址、古建筑、古遗迹就是一种久远政治的索引。

丹东九连城上尖村。残存的城墙以及从这里出土的钱币、铁铧、瓦当和陶器，使人们看到了中国西汉时期简略的政治图景。城墙对外有防御、对内有控制的作用。所以，几千年来，中国人总是对修建围墙乐此不疲。

长白灵光塔。塔的优美造型及精湛工艺都表明它始建于中国的唐代。中国神话传说中有个托塔李天王，他手中的宝塔是个法力无边的镇妖宝物。修建灵光塔的用意显然也与镇"妖"安边有关。

塔南崖畔，一块黑色巨石人称跨马石。相传，这里曾是唐代大将薛仁贵挥枪跨马、点将列阵的地方。石上的印记没有人考证它们的真实来历。人们似乎愿意相信它们是当年薛仁贵大将军留下的脚印、马蹄印和旗杆印。类似这样的传说在鸭绿江沿岸还有许多。薛仁贵曾位居左武卫将军，声明赫赫。但其出身却比中国历史上自称"布衣"的诸葛亮还要贫寒，他所有的成就都有赖于他自幼练就的一身武功和他无可计数的出生入死的征战。在万众之敌面前，他一身白盔白甲，像一

⊕ 灵光塔

⊕ 跨马石

⊕ 人间仙境河口

道白色的闪电，所向披靡，挥戈间如快刀剔毛发。在收复并镇守辽东期间，他"抚孤存老，检制盗贼，随才任职，褒崇节义"，深得民心。所以，千百年来，人们编排了数不清的传说、故事，来颂扬这位贫民出身的大将军。历史上那些卫国强边、勤政爱民的英雄，总是会受到后人的赞誉和称颂。

鸭绿江下游的蒲石河口，后来的人很难想象，这里曾是唐朝渤海国的一个大港口。渤海国是唐朝时中国北方崛起的一个地方割据政权。渤海归入唐王朝行政管辖之后，与唐朝京都长安往来频繁。当时有陆路和水路。水路史载"以鸭绿为贡道也"。就是说，鸭绿江当时是渤海国向唐王朝进贡所走的水路。其具体路线是由渤海京都上京龙泉府至鸭绿江上游的西京鸭绿府神州（即今天的中国临江），然后乘船沿鸭绿江入海，至登州（在今中国的山东），然后转道长安（即今中国的西安）。渤海国建国200余年，世袭了15个郡王，除了"每岁遣使朝贡"之外，郡王每死，唐王朝都"遣使吊祭"，并册立新郡王，"诏授"其官位。当时的情形似乎是一种"一朝两制"。渤海国与唐王朝的交往仅史书记载就有132次。加上五代十国时，后梁5次，后唐6次，总计达143次。

唐王朝遣使到渤海国，史书记载有 19 次。鸭绿江作为一条朝贡水路，曾经是何等繁忙，可想而知了。

万里长城东起虎山

万里长城，不仅是中国的一道景观，也是人类赖以生存的这个星球的一道景观。从宇宙上观测地球，人们能够看到古埃及的金字塔，也能看到中国的万里长城。

1990 年 2 月，中国辽宁省长城办公室组织考古专家和考古工作者进行了三次考察。他们翻山越岭，行程千余公里，终于证实了明代万里长城东端起于鸭绿江畔的虎山。至此，流传了数十上百年的万里长城"东起山海关"的结论被推翻了。

虎山，坐落于中国丹东市东北方向，距市区 20 公里。山下是丹东市宽甸境内的虎山乡虎山村，山南便是著名的鸭绿江。

今天依照虎山长城的原型重新修复的城墙，对于游人来说，这里与中国北京著名的八达岭长城并没有什么两样。

明长城也称辽东边墙，辽宁的一些重镇如绥中、兴城、锦西、义县、黑山、台安、盘山、海城、辽阳、沈阳、铁岭、开原、抚顺、本溪、凤城、宽甸等，都有它的遗迹。历史上修筑长城是为了

⊕ 鸟瞰虎山长城

⊕ 虎山长城卫士

抵御外族的入侵，长城不是边界，而只是一种军事设施。而今重新修复的长城显然已经没有了原来军事上的意义，而只有历史、文化或者经济上的意义了。

甲午悲歌的余波

一路奔腾的鸭绿江进入黄海后，它的北面，云遮雾掩中有一个不大不小的岛屿，人称大鹿岛。大鹿岛是一个美丽的岛、神奇的岛，也是一个有着悠久历史和悲壮情怀的岛。

透过翩翩飘来的云雾，人们似乎又恍惚看到了大鹿岛昨日那不屈的历史烟尘。

1894 年，企图占领朝鲜、然后再入侵中国的日本派出数万军队，向朝鲜平壤发动了猛烈攻击。9 月 16 日，清廷海军提督丁汝昌率领北洋舰队完成了护送援兵去朝鲜的任务后，由鸭绿江口的大东沟准备返航旅顺。17 日上午，一位副管带报告，西南方向发现有一支舰队，舰上挂的似乎是美国国旗。

丁汝昌很快就发现，对方总共有 12 艘军舰。12 艘军舰很快就降下了美国国旗，换上了日本国旗，然后恶狼般疯狂地向北洋舰队扑来。

震惊中外的中日甲午海战就这样打响了。

中日甲午海战一开始，日军就紧紧盯住了丁汝昌所在的旗舰"定远"号。"定远"号的甲板、桅杆中了弹，帅旗被打落了。丁汝昌当时很矛盾，因为北洋舰队出来的时候，李鸿章曾再三叮嘱，不要与日本舰队正面交战。可是大敌当前，不打也不行了。所以，丁汝昌就命令攻击日本舰队的右翼。这时，又一发炮弹打来，丁汝昌受了伤，旗舰失去了指挥能力。"致远"号管带邓世昌看舰队没有了统一指挥，开始出现混乱，为了改变这种被动的状况，他就命令旗手升起大旗，以"致远"号做旗舰，组织舰队向敌舰发起猛烈攻击。

邓世昌，1855 年生于中国广东番禺。14 岁考入中国福州的船政学堂，毕业后历任北洋舰队"振威""扬威""致远"等舰管带。他爱国爱民，治军严格，待人诚恳，深受官兵爱戴。

"致远"成为旗舰后，就成了日军攻击的主要目标。邓世昌命令"济远"和"经远"两舰向自己靠拢，然后又发出信号，让各舰集中火力，攻击日本旗舰"松岛"号和装备精良的"吉野"号。可是，当时"济远"号管带方伯谦企图逃跑，并在慌乱中撞伤了北洋舰队的"扬威"号。结果"扬威"号被日舰给击沉了。邓世昌没办法，只好率领"致远""经远"两舰向日舰"吉野"号冲去。日舰"西京"号冲过来，很快就被邓世昌他们给打跑了。装备精良的"吉野"号也中弹起火。本来邓世昌他们一鼓作气，完全可能打沉"吉野"号，可是就在最关键的时候，舰上的炮哑了。

不是没有炮弹，有的是一些打不响的炮弹。假冒伪劣的弹药在生死关头帮助了敌人。"吉野"舰立刻掉头向"致远"舰扑来。英雄邓世昌决心迎着敌舰冲上去，撞沉敌舰，与敌舰同归于尽。

可惜的是，"致远"舰中了敌舰的鱼雷。生死关头，有随从游到邓世昌身边，给他一个救生圈，邓世昌拒绝了。邓世昌

⊕ 甲午海战馆

的爱犬游过来，用嘴刁起邓世昌的发辫，不让邓世昌下沉。邓世昌决心与军舰共存亡，他毅然把爱犬按入水中……

鸭绿江下游大鹿岛掩埋着英雄邓世昌的遗骨。1937年，日本关东军为获取钢铁，扩大战争，强迫当地渔民下海拆卸"致远"号。拆卸过程中，有人发现了驾驶舱中的遗骨，在认定这就是邓世昌的遗骨后，人们将其带回大鹿岛，厚葬于事先选好的风水宝地。

不知英雄回眸是否可以笑慰。不过，久居这里的人们始终没有忘记为了民族的气节而慷慨就义的英雄。每年的9月17日这一天，江面上都会荡起袅袅香火，亮起点点烛光。人们似乎相信这是死去的英灵在与活着的人们进行心灵的对话。人们用这样的一种方式告慰死去的英雄，也用这样的一种方式告诫后人：不忘国耻，当然也不应该忘记那些奴颜婢膝的民族的软骨头，不应该忘记那些制造假弹、误国殃军的民族败类。

烛光啊，点点的烛光，你是大海的魂魄吗？你是英雄的魂魄吗？你虽然看起来很柔弱，可是你亮在人们的心里，闪烁在人们的心里。那闪烁在千百万人们心中的爱国的火焰是任何强大的敌人都扑灭不了的！都征服不了的！

鸭绿江，你会永远地记住那场悲壮的海战，你会永远地记住这不屈的烛光。

尘封的历史，总会有人想把它打开。可是打开尘封的历史并不是那么简单。当著名的"泰坦尼克"号的面纱逐渐被后人揭开的时候，中国人似乎应该想到鸭绿江口还深埋着不该被遗忘的、英雄的"致远"号。

傀儡皇帝的句号

不老的是青山，长流的是绿水。这长长的流水，曾经目睹了多少悲壮，多少悲欢，又目睹了多少聚散离合。

努尔哈赤，中国人熟知的清太祖。当1616年，他统一全部建州女真，正式建国称汗的时候，他的第一个国都就是与鸭绿江遥遥相望的辽宁新宾永陵。爱新觉罗家族一直都把这里视为自己的龙兴之地。他们的确是从这里兴起，并从这里一直打入沈阳，继而打入山海关，再打入北京，从而实现了对整个中国长达300年的封建统治。

巧合的是，清王朝的第一个皇帝在这片土地上发迹，清王朝的最后一个皇帝却又在这片土地上没落。

鸭绿江畔的大栗子沟。1945年8月13日，这里突然意外地热闹了起来。日本兵、伪官吏、伪警察，闹嚷嚷、乱纷纷地在车站站成一排。他们是来迎接伪满洲国皇帝爱新觉罗·溥仪的。

溥仪是清王朝的最后一个皇帝，也是短命的伪满洲国的皇帝。溥仪这次到这里与当年清太祖努尔哈赤的命运正相反。当年等待努尔哈赤的是一个新兴的王朝，而此时等待溥仪的却是最后的退位。

大栗子铁矿食堂。1945年8月17日晚，也就是日本天皇宣布无条件投降的第三天，溥仪到这里的第五天，刚刚从中国长春赶回来的伪满洲国总理大臣张景惠及其日本主子武部六藏，在这里召开了参议府紧急会议，会上通过了溥仪的《退位诏书》。紧接着，18日凌晨，举行伪满洲国皇帝的退位仪式。溥仪站在所谓的众大臣面前，仅用两分钟就读完了那个别人为

⊕ 溥仪最后的没落地大栗子沟

⊕ 溥仪就是在这栋房子里宣布最后的退位

他准备好了的《退位诏书》。据说溥仪当时落了泪。这个情形，比起他的先祖努尔哈赤、皇太极以及那个6岁就在北京登极的顺治皇帝来，实在是不能同日而语了。

再以后，就是伪满君臣的大逃亡。当时的这个大栗子火车站乱作一团，大臣、要员不顾体面地你争我抢，都想挤到车上，尽快溜之大吉。溥仪则丢了皇后、贵人，只带了弟弟溥杰等一行9人，由大栗子车站乘车到了通化，然后分乘两架小飞机飞到了沈阳。他当然想不到，他刚下飞机，苏联红军的飞机就赶到了，溥仪当场被截获押往苏联，从此开始了一段阶下囚的生涯。

这个身体瘦长、眼睛近视、从小就被太监们的鬼故事吓破了胆的、令人绝望的、心不在焉的末代皇帝溥仪，曾经不止一次地想到中国的东北，想到爱新觉罗家族的发祥地，想到清王朝的龙兴之地。重返这青山绿水，他一度也做过再振龙兴的美梦，可是时过境迁。作为日本关东军铁蹄下的伪满洲国皇帝，他的真实地位甚至还不如一个普通的日本军卒，他甚至连自主地进出伪满洲国皇宫的权力都没有。把龙兴的希望寄托在豺狼般的列强身上，这是注定要失败的。鸭绿江畔演绎的这王朝的兴衰，或许只有那些没有丝毫历史偏见的真正的哲人才能领悟其中的深刻内涵。

不屈的民族脊梁

鸭绿江当然不是末代皇帝那般软弱的江。鸭绿江曾经哺育过一代又一代真正的民族英雄。鸭绿江畔挺起过一代又一代中华民族的脊梁。

杨靖宇,原名马尚德。中国东北抗日联军第一路军总司令兼政治委员,一位让中国人骄傲的将军,自然也是一个让当年日本关东军胆寒的将军。长白密林,鸭绿江畔,哪里有日本侵略者的铁蹄,哪里就有杨将军战斗的身影。

冬天鸭绿江边深不可测的大雪,后人走出一段距离就气喘吁吁,迈不动步了。可杨靖宇和他率领的抗联战士当年却日复一日地出没在这里。他们不仅要长时间地在雪中跋涉、打仗,还经常食不果腹,衣不遮体。在零下40多度的严寒中,不断受到日寇的围追堵截。兵力相差之悬殊,生存条件之恶劣,困苦程度之深,在世界战争史上也是罕见的。

但绵绵伸展的鸭绿江还是一次又一次地见证了他们的胜利。

老岭隧道,这里是通化通往集安的铁路之咽喉。1938年3月13日凌晨,杨靖宇亲自率领警卫旅1团、3团和军司令部500余人从东岔出发,于下午15时突然包围了伐木场,当场将十几名日伪军全部缴械,解放了伐木场的所有劳工。然后抗联战士换上劳工的服装,混入隧道西口工区,拔掉了日伪军的岗哨。抗联队伍内外夹击,一举击毙及生俘日寇角田部队近百人,解放劳工500多人。

日伪军当时有一支号称"皇军剿匪之花"的索旅。1938年,他们从热河开赴集安,专门对付抗日联军。6月10日,抗日联军得知伪县公署有四辆汽车给索旅和县警察大队送给养。杨靖宇立即派出一支小分队,翻过蚊子沟岭,埋伏在小青沟绿水桥一带。截获了第一辆汽车,缴获了全部食品,并俘伪警察15名。

索旅 32 团 1 营 200 多人闻迅立即朝蚊子沟方向扑来。6 月 11 日，索旅进入抗日联军伏击圈，遭到抗联迎头痛击。这一仗，抗联将索旅 32 团 1 营全部歼灭，缴获机枪 8 挺，步枪 130 余支，手枪 10 余支及部分弹药。两个月以后，杨靖宇又率部在长岗一带伏击索旅，当场击毙日军上尉高岗武治、中尉西田重隆及其以下数十人，缴获轻重机枪 10 挺，步枪 110 多支，手枪 30 多支，至此，索旅两个团几乎全部被歼。

抗联密营。尽管岁月流逝，但人们还是能从残存的遗迹中窥视到当年抗联勇士是怎样的一种艰苦卓绝。

1940 年 2 月 23 日 16 时 30 分，这是一个黑色日子的黑色时刻。就在这一刻，中国一个顶天立地的高大身躯在日寇罪恶子弹的密集射击中倒下了。

杨靖宇，这位让日寇闻风丧胆的"抗联"将军，永远地告别了这白山绿水，告别了这英雄的土地，这英雄的山河。

令人愤怒的是，杨靖宇不仅仅死于日寇的围剿，更死于叛徒的告密，死于汉奸机枪的点射。

⊕ 民族英雄杨靖宇雕像

杨靖宇牺牲的时候年仅 35 岁。他离开河南老家已经整整 12 个年头了。12 年来，他不知道自己年迈的母亲和年轻的妻子是怎么过的，不知道自己算来已经 14 岁的儿子和 12 岁的女儿长成了什么样。这个舍家忘我的民族英雄直到死后还使他的敌人大惑不解。他们剖开了杨靖宇的胃，发现里面除了草根、树皮和棉絮，竟然没有一粒粮食。那一瞬间，武装到牙齿的敌人胆战了。他们突然意识到他们面对的是一个不可征服的令人敬畏

⊕ 抗联战士雕像

的民族。

　　围剿杨靖宇的队伍里有个日本兵叫金井。金井后来被苏联红军捉到西伯利亚，在那里服了 8 年的苦役。50 多年过去了，他还一直保留着杨靖宇将军遇难后的遗照。他说：在苏联服苦役的时候，他也吃过草根，又苦又涩，真不是滋味。嚼着嚼着，他就落泪了。不光是因为他自己，还因为他想起了杨将军。将军在那么艰苦的条件下，就靠吃草根、树皮跟日军打，真了不起。作为原日本关东军的二等兵，金井那，76 岁。他还活着，可杨将军却早已离开了这个世界。金井很佩服杨将军，说他是个伟大的人物，金井愿意把最后一个军礼敬给这位坚强的中国军人。

⊕ 杨靖宇与周恩来

　　杨靖宇不是一个个例，他是一个民族的缩影。鸭绿江水日日流，夜夜淌。它目睹了多少这样英雄的壮举，又聆听了多少这样悲壮的民族乐章啊。

从历史深处走来的鸭绿江，它在不停地告诉人们几多沧桑，几多沉沦，几多崛起，几多辉煌。

巍巍英灵
——边防军的故事

"总会胜利的"

这是因《野火春风斗古城》而闻名于世的一支英雄团队。2003 年，这支英雄部队因为精简整编被一分为二，其中一部分改编为边防团，跨省来到了长白山纵深的鸭绿江边。

离开原来的部队驻地，刚到边防的时候，最好的居住条件是一幢边防武警部队遗留的旧营房。门窗残破，设施年久失修，加上这里的冬天过于寒冷，水管动不动就被冻住了。没有了自来水，战士们洗漱、做饭都得去江里凿冰取水。

尽管室内有暖气，但是暖气片老化，暖气管道也老化了。仿佛堵塞的血管，有的地方还有渗漏。锅炉用尽气力，能让室内温度达到 10℃就算不错了。晚上睡觉，一床被子不行，再加一床，还得盖上大衣。没有好的巡逻车，原有的老式车辆发动的时候必须先用火烤，再用人推。

⊕ 冬天只能到江上刨冰取水

哨所的战士们就更苦了。初来乍到，哨所有"哨"，但却无"所"。战士们只能住在临时借用的当地老乡的空房子里。房子是土坯的，外墙久经风吹雨打，已经伤痕累累，老态龙钟。冬天当然不会有暖气，取暖靠的是一铺大炕，做饭靠的是一口大锅。晚上钻进被窝，上半夜褥子下面是春天，被窝外面是冬天。下半夜，整个房间便都成了冬天。冻得睡不着觉的时候，就得起来跑步。跑热了，再钻进被窝。

风刀霜剑，长夜难熬。激励和陪伴战士们的是抗联故事。

抗联官兵的夜晚，气温常常降到−40℃，大树都被冻得咔吧咔吧直响，大地被冻得裂了缝，粗大的树干也被冻得裂开了缝儿。鬼子和汉奸纠集了很多兵力围追抗联，杨靖宇带领抗联官兵，甩掉一股鬼子，又遇上一股汉奸伪军，部队很难得到休整的机会。

雪地作战、转移，有时为了防止留下脚印，只能沿着流动的河流踏水而行。冬天的河水冰冷刺骨，即便离开河流，裤子里面也总是湿的，让寒风一吹，冻成冰甲，很难打弯，沉重如铅，迈步都吃力。

鞋子跑烂了，只好割下几根柔软的榆树条子，从头拧到尾，当作绳子把鞋绑在脚上。衣服全被树枝刮烂了，棉花开着花。人浑身上下都挂着厚厚的霜，外面是白的，里面是凉的。

多想生起一堆篝火，把冻成冰的衣服烤化、烘干，把冷冰冰的身子烤暖啊！特别是夜里，树干都冻裂了，肉体的人又怎能受得了啊！

可是一生火，鬼子就会循着火光，像一群绿头苍蝇一样扑上来。抗联官兵只能不停地在雪地上蹦高，生怕坐下去就再也站不起来了。

杨靖宇鼓励大家："革命就像一堆火，看起来很小，可燃烧起来能烧红了天，照亮黑夜。革命，不管遇多大困难总会胜利的！"

"总会胜利的！"或许就是杨靖宇将军的这句话，鼓舞了当年的抗联官兵，也鼓舞了今天的边防官兵。多少回难以想象的困苦，他们都没有动摇，而是咬牙坚持下来了。

不轻言放弃

那是他们来到风雪边关第二年的九月，连绵不断的暴雨引发山洪，一个仅有三间小房的哨所被洪水围困，道路阻断，通信阻断，十多名哨所官兵与外界彻底失去了联系。

边防连部距离哨所有 60 余公里，营部距离有百余公里，团部距离就更远了。团营领导都很着急，天天派人往哨所送给养，每次去都只能眼睁睁地看着奔涌的洪水，一筹莫展。

所幸哨所有副连长在。副连长叫燕继鹏，曾经参加过"爱尔纳"国际侦察兵比武赛前训练，连续三天三夜奔袭作战，过五关斩六将，无所不能。燕继鹏沉着冷静，开始的时候带了几个兵，四处转了一圈，试图找到下山的道路，出去侦察十几公里，最后还是失望了。没有出路，唯一的选择是坚守待援。

燕继鹏叫来炊事班长，开始点验哨所所剩的"家底"。

有米有面。米面足够坚持一个月。还有几斤榨菜，几斤花生米，就是没有蔬菜。水很多，周围都是，足可水淹七军，可就是太浑浊，不能饮用。

燕继鹏心里有数了，说："不错，没关系。比当年抗联好

⊕ 白雪覆盖的哨所

多了。"

　　当年抗联最难的就是遇上鬼子并屯，把分散在山里的老百姓统统集中起来，用铁丝网围起来，谁也不许随便出屯。紧接着又挖空心思地策动叛变。堡垒最容易从内部攻破。一个小叛徒的蝼蚁之穴，有时便足以溃千里之堤。何况有时会出现人叛徒、大汉奸。结果把抗联密营的位置通通告诉了日本鬼子。密营能遮风挡雨，又有被装粮食、武器弹药。百姓被集中并屯，密营又被鬼子连锅端掉，这样一来，抗联官兵便彻底失去了依托，也断绝了给养。

　　没有吃，没有穿。不要说粮食，就连野草都埋在二三尺深的积雪里，找起来难，挖起来也难。没有办法，杨靖宇和抗联官兵只好吃那些难咽的树皮。先把老皮刮掉，再把一层泛绿的嫩皮一片片削下来，放在嘴里嚼啊嚼，嚼了半天也咽不下去。勉强咽下去了，胃里也针扎似的，很不好受。

　　最难的时候甚至吃过破棉袄中的棉絮。

　　吃树皮、草根和棉絮，更多的抗联官兵还是坚持下来了。

　　燕继鹏说："大家不要慌。抗联没有一粒粮，都坚持下来了。我们有米有面，更能坚持住。人在哨位在。再说，上级一定会千方百计为我们想办法。只要雨停了，水退了，我们就有救了。"

坚持，再坚持。仅有的几斤榨菜和花生米，很快便消耗得"光大银行"了。燕继鹏说："没关系，告别光大银行，咱们还有建设银行。"

哨所的锅碗瓢盆，统统拿出去接雨水。有水有米面，战士们就能填饱肚子。

就这样，一直坚持了一个多星期，雨停了，水退了，上级联系当地交通局，派来道桥车辆，疏通了砂石道路。面包送上来了，矿泉水送上来了，蔬菜也送上来了。

不轻言放弃，坚持就是胜利。谁能记数这一线的边防官兵，有多少次用自己的行为诠释了这个看似平常但却意义非凡的哲理呢！

战士冯焦，在连队食堂端了一碗刚出锅的稀饭，一不留神滑倒了，滚烫的稀饭扣在一条大腿上，把大腿的皮烫掉一大块。医生又是消毒，又是包扎，最后让他好好躺在床上疗养。就在这时，上级突然下达了半年考核的任务，要求一个排只能留三个人值班，其余的都要参加考核。

边防连队，边境没有"防"当然不行。个个排留下三个人负责"防"，这已经是极限，再没有裁减的余地了。冯焦知道连队的难处，就主动找到连长孟凡伟说："我要求参加考核。"

孟凡伟很干脆，说："你有伤，不行。"

⊕ 冒雪巡逻

冯焦说："没事儿，我可以考。咱连就这几个人，我不参加，人数不够，咋达标啊？"

孟凡伟挺感动，就把冯焦的名字给报上去了。

没想到考核当天下起了大雨，连队冒雨在山上打靶，打完靶紧接着就是5公里武装越野。孟凡伟担心冯焦腿上的伤，跑出去没一会儿，就安排体力好的战士去接冯焦的枪。

冯焦的伤口已经被雨水泡烂，再一跑动，一磨擦，针扎似的钻心痛。但他还是抱紧了枪，说啥不让战友帮忙。孟凡伟看冯焦的表情，龇牙咧嘴的，让人心疼极了。

5公里，终于跑到了终点，全连的成绩是20分22秒，不错。孟凡伟赶紧过去看冯焦腿上的伤势，冯焦突然忍不住哭出了声，说："连长，我坚持下来了！我坚持下来了！"

孟凡伟叫来卫生员，打开冯焦腿上的纱布，伤口的结痂已经全部烂掉，血肉模糊。孟凡伟的双眼瞬间被泪水打湿了。

平凡中的英雄

士兵，杨靖宇将军战斗过的土地上的士兵，他们个顶个像杨靖宇将军一样，是英雄，平凡中的英雄。

2010年8月1日，建军节的早晨，早饭还没来得及吃，紧急集合

⊕ 战冰斗雪

的哨音响了。边防二营五连某排排长陶岩下令："王启明，你带四个人留守，其他的人迅速穿戴好装具，登车出发！"

上了车，排长又说："庞国栋，你拉响警笛，车速快点，赶往梨树沟村。"

连日的暴雨使梨树沟村一座桥梁被洪水冲垮，桥另一端的山坡上有一户养殖人家，两位老人及老人的儿子、儿媳和孙子、孙女总共7人被困，其中一位老人还全身瘫痪，情形十分危急。上级命令边防二营火速派官兵前往营救。

养殖场处在半山腰，风还在刮，雨还在下，上山的路崎岖泥泞。排长陶岩让一位即将退伍离队的老兵留下看车，其余人员一律参加救援。

营长张成良来了，营教导员孙守刚也来了。为了与洪水抢时间，营长和教导员决定选择由正面涉水过河。

河水深浅不一，水流很急，并且不时有从上游木材厂冲下来的木材及山体滑坡落入水中的残枝断根。人一旦撞上这些漂流物，不死也伤。

危险关头，营长和教导员决定自己先下水探路。水流湍急，水面漂流物暗藏杀机。为了应对随时可能出现的异常，营长和教导员分别在自己腰间捆绑了一根绳子，让岸上的战士拉住。有绳子，人就不会被湍急的水流卷走。

涉水尝试了几次，换一个位置不行，再换一个位置还不行。水流太急了。眼看时间不断流逝，雨还在飘泼似的急一阵、喷淋似的缓一阵地下。时间不能再拖下去了。张营长再一次涉水，没走出去多远，突然一股洪水漫下来，营长被冲倒在水里。岸上的战士急忙拉绳索，硬把营长拉上了岸。营长呛了几口水，胳膊和腿都被划伤，有的地方开始流血，手机也掉河里被洪水冲没影了。

营长没在意伤口，还要下水。孙教导员说："不行，这次你指挥，我下去。"

教导员汲取了营长的教训，在水中拐着弯，避开了激流漩涡，也避开了凶险的水面漂浮物，眼看就要抵达对岸了，突然袭来一股激流，教导员也倒在了水里。

岸上的战士又赶紧拉绳子。这时教导员在水里挣扎着站了起来，大喊："别拽，我没事儿。放绳子！"

教导员终于涉水上岸了。

过河的第一件事是安抚被困群众和了解被困群众的状况。得知7名被困人员安然无恙后，教导员便将绳子绑在一棵临近岸边的树上，以便其他的救援人员拉着绳子涉水过河。

不过，临近岸边的树不够粗大，而且树根被河水冲刷已经露在了外面，无法承受大的拉力。

⊕ 口岸卫士

所幸这时冲锋舟运上来了。

"来三个会游泳的，跟我扶着冲锋舟顺着绳子蹚过去。"

五连指导员说完，第一个跳入水中。紧接着，排长陶岩、代理排长路双华和士官庞国栋跟着跳入水中。

教导员怕出意外，站在河对面大声问："你们都会游泳吗？"

排长回答："会。"代理排长回答："会。"庞国栋也回答："会。"

其实庞国栋不会游泳，不但不会游泳，他甚至还有恐水症。

⊕ 天池巡逻

因为小时候下河玩耍差点儿被淹死。但是，紧急关头，他已经顾不上个人安危了。

过后才知道，不会游泳的不光有庞国栋，排长和代理排长也一样，三个人统统都是旱鸭子。

因为有冲锋舟，还有绳索，扶着冲锋舟，拉着绳索，几个旱鸭子很快便涉水到了对岸，到了养殖场。孙教导员开始按人头下达任务。路双华和庞国栋受领的任务是带着三个孩子先离开。

三个孩子，一个两岁，一个 7 岁，大一点儿的 14 岁，年龄都不大，过河太危险。路双华和庞国栋只能带着孩子翻山迂回。

两人用救生衣将孩子固定在后背上，路双华背着两岁多的小男孩儿在前面开路，庞国栋背着 7 岁的小姑娘随后，两人中间是 14 岁的男孩。

五个人，两个年龄小的伏在战士的背上，一个小男孩跟随，就这样披荆斩棘地向山顶爬去。

山上有草有树有蛇，就是没有路。山坡经雨水浸泡，又泞又滑，有的地方灌木丛很密。路双华和庞国栋必须不停地拨开茂密的树丛，小心翼翼地前行。遇到太滑的陡坡，两个人只能俯下身子，贴着地面手脚并用地爬行。

必须尽快爬到山顶，这样才能避开可能出现的泥石流。攀爬的过程中偶尔会遇上滚落下来的石头，路双华和庞国栋必须仔细观察，随时躲避滚落的石头。

忘记了时间，也没有准确的方位，他们沿着山脊找路！路双华和庞国栋满脑子想的都是孩子，宁可自己划伤，也不能让茂密的树枝把孩子划伤；宁肯自己面朝地面滑倒，也不能因为脚下踩滑摔伤背上的孩子。

秋霜掩密林，跬踬不识路。

松枝遮月光，忐忑移寸步。

树挂吊死鬼，地横乱倒木。

莫谓行路难，战友相鼓舞。

磷火绿莹莹，荆棘遍处处。

惊遁虎跃峦，时闻鸟啄树。

北门银星烁，东山晓白露。

今宵越重山，抗敌当大务。

没有亲身经历，很难体味当年抗联的艰辛。这一次，路双华和庞国栋算是领略了。

无休止地翻山越岭，无休止地设法找路，心惊胆战地翻过了两个山头，还是没发现平缓的下山道路。早饭没来得及吃，中午饭更是想都不能想。肚子饿得咕噜噜叫，空转的胃里仿佛着了火，烧得难受。浑身累得像散了架，腿酸得不行，背痛得不行，两人真想停下来歇口气，但是不行，雨天的山顶不是久留之地，万一再打雷呢！

必须尽快找到下山的路，必须安安全全地把三个孩子送下山，必须咬紧牙关，用尽所有的力气，穿越树林草丛，不停歇地前行。

他们不知在山顶穿行了多少公里，只知道就在最后一点力气用尽的时候，终于找到了一条通向山下的平缓的路。路，使人看到了希望，

⊕ 利剑淬火

也平添了力量。顺路下山，终于看到有人家了，两个人心里悬着的一块石头也总算落了地。

仔细辨认，原来不知不觉中，他们已经从梨树沟翻山越岭地爬到了马鹿沟，整整饿着肚子在山里穿行了七八个小时，几十公里的翻山越岭，怪不得累成了这样子。

总算看到当地老乡了。路双华和庞国栋决定打出租车，尽快赶回连队，一是让连领导知道，孩子安全无恙；再是赶紧通知孩子父母，免得孩子父母惦记。

老乡看见了两名士兵背着的孩子，看见了两名士兵背上印有"抗洪抢险"字样的救生衣，看见了两名士兵浑身上下又是泥又是水的衣裤，看见了两名士兵为保护孩子两条胳膊被树枝划出的一道道血痕，老乡知道这是进山救援的解放军，于是纷纷伸出援手，帮忙找车。上了出租车，司机说啥也不肯收费。司机说："啥话也别说了，孩子身上没有伤，你们身上有伤。你们为了救孩子，把自己折腾成这样，我怎么能忍心收你们的钱，我送你们是应该的。"

人民的眼睛是雪亮的。谁是不是为人民，为人民是不是全心全意的，人民心里是有数的。

不相信倒霉

2007年3月，李连磊被任命为边防巡逻艇分队指导员。

巡逻艇在江面上跑起来速度很快。可是，有一次李连磊带战士下江巡逻时，巡逻艇却像得了气管炎，呼哧带喘地跑不起来。

李连磊问驾驶员："咋回事儿？怎么跑不起来？"

驾驶员说："出故障了。"

李连磊说："什么故障？"

驾驶员说："可能是发动机的事儿吧。"

李连磊说："以前出过这种故障吗？"

驾驶员说："经常的。"

李连磊说："为啥出故障？你们找过原因吗？"

驾驶员摇了摇头。

李连磊在吉林大学学的是机械。巡逻艇动力不足，当然属于机械方面的问题。英雄有了用武之地。李连磊找来巡逻艇的相关技术资料，开始仔细研究。船艇的设计没有问题，同类船艇在其他江面也没出现过类似故障，人家都跑得好好的，比猎豹、马鹿快多了。为啥同样的艇在自己这里会这样呢？

"赶上倒霉的点儿了。"驾驶员说。

李连磊不相信倒霉。查！李连磊对照船艇的操作使用说明书，开始逐个对部件进行排查，很快在涡轮中发现了细细的沙子。

沙子怎么会进入涡轮呢？

驾驶员说："这江有的地方水浅，有浮沙。"

李连磊明白了，鸭绿江有些地方确实对船艇很不利，航行中稍不小心进入浅水区，细沙便会被搅动起来，进入喷水泵，磨损轮叶和铜套，

⊕ 巡弋界江

进而造成船艇的"气管炎"。

"发病"的原因在于一个"沙"字。防沙必须双管齐下，一个是要摸清航道的具体情况，避浅就深；另一个是要加一个过滤装置，给涡轮戴"口罩"。

李连磊组织了一个技术攻关小组，经过反复的研究试验，研制出了一种简易细沙过滤、发动机防烧降温的器材，涡轮的"口罩"有了。与此同时，李连磊还四处找寻当地的老渔民，请渔民帮

⊕ 精益求精

助给江"把脉"，还到驻地水文观测站查找资料，然后又利用江上执勤的机会，带领战士反复测量航道。在汇总各方面资料的基础上，对辖区八处浅水区、十七处浮沙区、十二处暗滩区，逐一进行了标定，绘制出了辖区第一份船艇巡逻路线图。有了这份路线图，不仅船艇可以避开细沙"感染区"，而且还使执勤效率较以往提高了两倍多。

这以后，李连磊又根据艇队所担负的任务，深入研究了分队10种应突预案。在熟悉预案内容、掌握指挥程序的基础上，结合实际将预案细化为40个"行动要则"，然后带领官兵按照"行动要责"反复演练船艇的快速出动、夜间航行、江上围捕等科目，使分队无论遇到何种复杂情况，都能做到及时、快速、有效、得当的处理。李连磊自己也很快成为了全团有名的"活地图"和"边防通"。

除了舰艇外，还有上级新配发的某型高射机枪。

新家伙，新面孔，新部件。一次训练中，高射机枪突然出了故障。李连磊没费吹灰之力，就把问题的症结找出来了。但临到排除故障的时候，李连磊没辙了。他缺少专用工具。人说"人

巧不如家什妙"。新装备缺少专修工具，有病没法动"手术"，李连磊便不得不终止训练。

李连磊心想，还好是平时训练，这要是真的打起仗来，敌我双方打得难解难分，我方的高射机枪突然坏了，没有还手之力，那就只能被动挨打了。如此这般，付出生命代价是必然的，搞不好还会导致整个战斗的失利，后果不堪设想啊。并且这种新型高射机枪的毛病还不止这些。

置敌于死地离不开速度，现代战争尤其要讲究速度。李连磊在组织训练中发现，这种高射机枪恰恰存在速度上的问题，主要表现是装弹时的步骤多，费时又费力。退弹时也一样，对操作精度要求高、工作效率低。

剑不如意，就得改。许多时候，别人是指望不上的，要有所改进，只能靠自己。

李连磊首先想到的是研制一套与新型高射机枪相配套的专用野战抢修工具，必须先解排除故障的燃眉之急。

团领导很支持，专门安排装备处人员与李连磊一道组成课题研究小组。李连磊一个"猛子"扎进了高射机枪，对高射机枪近百个零部件反复进行分解测量，记录了两万多组数据，查阅了30多万字的技术资料，然后运用掌握的机械原理、材料力学等知识，在计算机上反复进行模拟设计。三个月时间，他瘦了五六公斤。

一遍遍地试验论证，一次次地实际检验，一套由50多个部件组成的集分解、保养、检测、维修等功能于一体的野战抢修工具成功亮相。修理分队拿到这套工具，立马有了一种如虎添翼的感觉，抢修能力成倍数提高。专家鉴定：这套工具体积小、功能全、可靠性高，野战适用性强，属于填补"空白"的创新。于是决定评为军队科技进步三等奖。

紧接着，李连磊又和课题研究小组成员们一道，经认真研究，采用 Pro/E、ADAMS 工程软件，对压弹机主要构件进行强度分析及加载条件下的变型分析，对压弹、退弹的机构动作进行运动分析，很快便在不

改变武器结构、不在武器上增加附件的情况下，研制成功了转轮式高射机枪压弹机，使压弹与退弹一机完成，达到了速度快捷、使用安全、操作简便的效果，结束了高射机枪几十年来一贯制地靠两种机械分别完成压弹和退弹的历史。

新《军事训练大纲》颁布后，夜间训练的标准提高了。部队配发的夜间照明器材已经满足不了夜训的需要。怎么办？是如实向上级汇报，等上级配发新的夜训器材，还是自己动手，抢占先机？李连磊又一次毫不犹豫地选择了后者。

优化电路设计，优选电器配件。最初的设计是想通过拼装，实现新型夜训装置的双路单独控制，但实现这个目标需要付出很高的成本。李连磊知道，尽管某些国外财团借中国股票上市，一掺合就赚走了几十、几百亿，甚至上千亿，但我们的部队却没有这么多的钱，部队凡事都要精打细算。为此，他通过多方查阅资料，反复优化设计，最终仅通过一个时间继电器就实现了双路控制。经过艰辛的努力，一种新型夜训自动控制系统大功告成。

此外，李连磊还结合执勤训练，和战友们先后研制出望远镜防反光装置、巡逻车启动刹车辅助装置等，分别获得了国家专利和军队科技进步三等奖。

2007 年 9 月，团里组织军事比武，李连磊一举夺得军事理论、手枪射击、电台操作 3 项第一，同时获得大学生干部综合素质排名第一。

融融两岸
——鸭绿江的故事

友谊的界江

与一般江河不同的是，鸭绿江是界江，并且是一条和平的界江，友谊的界江。

界江以主航道中心线为界，这是一般的国际惯例。鸭绿江也有主航道，但却不以主航道中心线为界，而是以江面为界。双方人员只要不上对方的江岸，就不算越境。

冬季，两国的寻常百姓很随意地走在冰雪覆盖的鸭绿江上。孩子们则一起在冰上玩耍，如果不留意他们的语言，局外人很难分清他们中哪个是朝鲜儿童，哪个是中国儿童。

无论哪国的船，只要不搁浅，不出事故，怎么开都行。尤其是鸭绿江上的旅游船，为了让游客一览异国风光，船主总是尽量让船贴近对方的岸边行驶。异国的城市、公园、船厂、水产加工厂、偶尔也有马车或黄牛车……一切都历历在目。特别

⊕ 联欢

是天真的孩子们，他们每逢看到有对方的船只在岸边通过，都会热情地招手致意。这情境，在其他界河显然是不多见的。

江心岛，有的属于中国，有的属于朝鲜。船驶入江心岛，有时两岸都是对方的国土，人们算是真的进入了异国，但只要船在江中，人在船上，还是不算越境。

鸭绿江上有四座水电站的拦江大坝，中国和朝鲜各自负责管理两座。负责管理的一方可以随便地从大坝的这一端走到那一端。尽管另一端的坝下已经是异国的土地了，但这并不妨碍负责一方的走动。

鸭绿江有一眼望不到边的浩浩江波，但不是所有的地方都一眼望不到边。鸭绿江上游甚至下游都有一些江段被称作"一步跨"。因为是界江，"一步跨"当然不能随便跨。不过，特殊情况下先斩后奏的"一步跨"的事儿历史上还真发生过。

1963 年 1 月 15 日，八道沟公社东兴大队第四生产队发生火灾，朝鲜厚昌郡社会安全部长崔文学率领 38 名朝鲜群众踏冰过江赶到火场，与当地社员一起扑救。1 月 19 日，副县长兼外事办公室主任陈志良、8 道沟公社党委副书记夏春鼎等三人携带县人民委员会的感谢信和纪念品赴朝鲜厚昌郡答谢，会见了救火代表，并赠送了纪念品。

1964 年 12 月 24 日，朝鲜新坡郡（现为金正淑郡）流筏作业所制材厂起火，我 13 道沟公社党委副书记韩德兴率领 68 人赶往朝鲜，与朝鲜群众一起救火，很快将火扑灭。事后，新坡郡领导会见了我方去救火的人员。

1979 年 8 月 18 日，鸭绿江涨水，14 道沟公社干沟子大队第 2 生产队社员张志武追赶牛群时遇险，被朝方人员发现救起。我方对此进行了答谢。

1981 年 3 月 2 日 19 时，由朝鲜惠山开往大兴里的客车翻下江岸。我 11 道沟公社金厂大队党支部书记刘玉堂和社员李春凤发现后，组织 10 余名社员前去抢救，并把 5 个重伤员和 7 个轻伤员抬到金厂大队卫生所进行包扎。事后，朝鲜厚昌郡行政委员长前来答谢。

更多的似乎还是江上遇险。1963 年 6 月 29 日，中国长白 12 道沟大队社员王德浩的儿子王进宝在鸭绿江中洗澡时遇险，朝鲜厚昌郡莲松里合作农场第二初级民青副委员长李镇善发现后，奋不顾身地从江中将王进宝救起并送至中国岸边。为了铭记李镇善舍己救人的国际主义精神，王德浩将儿子王进宝的名字改为王友谊。中国最权威的报纸《人民日报》以及一些地方报纸，如《吉林日报》等都先后报道了这一消息。《人民日报》还为此发表了题为《中朝友谊一朵新花》的社论。

795 公里长的鸭绿江，有多少这样动人的故事，或许只有滔滔的江水才能说清楚。

中国和朝鲜，山连山，江连江。沿江不少人家还亲连亲，友连友。

解放初期，两国亲友走访，只要在当地公安部门领取个通行证就行了。1956 年以后，审批的权限收到县里。县一级可

⊕ 群众送锦旗

以批准出国，这在整个中国似乎也是绝无仅有的。

中国人在这里出一趟国，手续并不复杂。朝鲜人到中国探亲也一样。跨国的团聚，在鸭绿江一带似乎司空见惯。

距离近的，几步就走过去了。距离远的，可以乘汽车，也可以乘火车。人们清楚地记得1955年9月12日正式开通的国际公共汽车。从中国丹东到朝鲜新义州，这是中国唯一的一条国际公共汽车线路。据说国际公共汽车开通之前，两国人员过往须由双方警卫人员护送到警卫线交接处交接，很不方便。1955年5月，中朝两国在中国北京签定协议，开设了这趟国际公共汽车运输线。开始是每天四趟，后来改为每天两趟。个别无钱买票的乘客，还可以免费乘车，很大程度上方便了两国过往人员。

火车，近的有从中国北京到朝鲜平壤的，远的有从朝鲜平壤经中国北京一直开往莫斯科的。

跨江彩虹

友谊常常离不开纽带。鸭绿江上几乎每一座桥梁都是友谊的纽带，每一座桥梁都有友谊的故事，甚至是用鲜血凝结的友谊故事。

长白鸭绿江公路桥，这是鸭绿江上游的第一座大桥。中国人叫它长白大桥，朝鲜人叫它惠山大桥，国际上则称它长惠大桥。今天人们看到的这座桥是1985年修建的。1962年以前，这里也曾有一座长惠大桥。但是，这年8月的一场山洪，将大桥摧毁了。1983年5月，朝鲜方面提出重建大桥的建议。1984年5月至7月，中国吉林省人民政府代表团和朝鲜两江道人民委员会代表团先后两次举行友好会谈，达成了修建长惠大桥的协议。一年以后，一座由两国各自负责承建一半的长 148 米、宽 9.5 米的钢筋混凝土大桥跨江而起。如今这座新的长惠大桥已经像玉带一样，把两国连结得更近更紧。

集安鸭绿江铁路桥建成于 1939 年。据说这是世界上最短的一条跨国铁路，这条铁路由中国的集安通向朝鲜的满浦，全长只有 6 公里。1945 年，中国的伪满洲国垮台，这条国际线停运。1950 年，朝鲜半岛战争爆发。中国有相当一部分抗美援朝作战物资就是从这里运往朝鲜的，从而有力地支援了中国赴朝军队的作战。1954 年 1 月 25 日，中国和朝鲜在北京签订协议，集安与满浦再次通车。由于路程短，所载人员和货物数量都有限，所以，这条铁路的车厢数量据说也是世界上最少的，并且还是货车带客车。

尽管每天往返只有一趟，但这仅有的一趟却载来了数不清的慰藉与欢笑。

中国人民志愿军赴朝参战是从跨过鸭绿江开始的。这支雄赳赳的队伍当年走过的就是我们今天仍能亲眼所见的一座浮桥。岁月流逝，浮桥的桥面已经不在了，但支撑桥面的木桩仍在那里。尽管中朝两国政府都不曾颁布保护这些桥桩的专门法令，但当地的人们还是自发自觉地热心保护着它们。60 多年过去了，没有人毁坏这些桥桩，这些桥桩依旧挺立在滔滔的江水中。显然，这一带的人们知道，数不清的中华优秀儿女，当年从这里过去，就再也没能回来。他们把一腔热血撒向了朝鲜三千里江山。这木桩是鲜血凝就的中朝友谊的象征，它是永远不朽的。

与浮桥比邻的一座大桥，中国人叫它鸭北线一号桥，朝鲜人叫它清城桥。始建于 1940 年。原有桥墩 33 垛，桥洞 28 孔，其中有 3 孔可以通过船只。桥的一端是中国宽甸县的河口村，另一端是朝鲜清城郡。河口村历史上曾是这一带的重镇，尤其

⊕ 河口断桥全景

是与朝鲜的民间贸易往来，一度十分红火。当然那是一种自由贸易，边民往来如同一家人，并不需要办理什么护照手续。1940年，日本人强迫鸭绿江两岸劳工修筑了这座桥，通过这座桥，从中国掠夺走了大量物资。朝鲜半岛战争爆发后，美军出于切断中国与朝鲜血肉联系的考虑，使用飞机轰炸了这座桥。这座长673.4米的跨江大桥，如今已经只剩下河口村的一段。靠近朝鲜的一段，桥面已渺无踪迹。昔桥已随硝烟去，此处空留的断桥作为遗迹，使目睹它的后人发出良多感慨。其实，炸掉一座桥并不能阻止两个友好邻邦的友谊。这与断桥相距并不遥远的浮桥木桩虽然与断桥一样默默无语，但无声中表现出来的意蕴似乎已远远超越了有声。

"端桥"的故事

鸭绿江末端的一座大铁桥有一个经过注册的新名字，叫"端桥"；可是这里的人们还是习惯称呼它过去的名字——断桥。断桥还有一个雅号，即：鸭绿江上第一桥。说它是鸭绿江上第一桥显然不是就地理位置而言，而是就建设的时间而言的。这座连接中国最大的边境城市丹东与朝鲜新义州的大桥，筹建于1906年，动工于1909年，竣工于1911年。

　　有人能说准这座桥建设和竣工的确切时间，但却没有人能说准这座桥被炸断的确切时间。那轰炸显然是极其猛烈、极其残酷的。人们事后只能推测：1950年11月8日是美军出动飞机最多也是轰炸最凶的一天。这以后的11月24日，一架参与轰炸的美机从拍摄的轰炸图片上显示，大桥靠近朝鲜新义州一侧有三孔已经断了。

　　据说当时美军出动B—29型轰炸机，最多的时候，一天就达百余架次。

　　据说20世纪初修建这座桥时，曾耗时两年，动用的民、工达51万还多。

　　据说建桥与炸桥，死伤的人无可计数。

　　丧失理智的疯狂轰炸当然还是为了切断一种人世间的亲情与友谊。

　　1950年至1994年，伤痕累累的断桥被尘封了整整44年。很少有人知道被炸后残留的大桥的具体情形。

　　1994年7月，一个阴雨绵绵，烟雨如泪的日子。经过整修后的断桥正式对游人开放。这当然是一个令人难忘的日子。走上断桥的游客透过如泣如诉的细雨，看到了些什么呢？

　　断桥上大小不等，形状各异的弹洞；被炸弹炸得痛苦扭曲

⊕ 被炸毁的桥梁

⊕ 桥梁上逃难的难民

不再延伸的钢梁铁骨，斑斑锈迹，无梁桥墩……自然更多的是不寻常铁桥的一段不寻常的历史。

断桥的历史如今已经有百余年了。这座桥跟一般的桥不一样。这座桥是活的。当年设计这座桥的工程师是一个广东人。他看鸭绿江上来往的船只特别多，而且有些帆船桅杆特别高，有些大船船体也特别高，桥按原来设计的高度修起来以后，好多船就过不去了。怎么解决这个问题呢？这位广东人很聪明。他在第九号桥墩上设计了一个机关，把桥的一节造成了活的，船来了能开，船过去能关。就是说，桥开的时候过船，桥关的时候过火车。开关大桥的机关设计有钥匙，而且钥匙还不止一把，也不止两把，总共是72把。就是说，这个工程师当时留了一手。72把钥匙，缺了哪把也不行。因为那时中国正处于战乱，特别是日本鬼子，说不定哪天就会对中国下狠手。这位工程师在这儿管桥一直管了20余年，后来就发生了"九一八"事变，日本人侵占了东北，当然包括丹东。

这座大桥当时是中国经朝鲜全境通往日本的咽喉，大桥要是被什么人卡住，日本的枪炮、子弹，还有从中国抢夺来的物资等运起来就困难了。日本关东军深知这座桥的重要，于是就派重兵把守，除了过往车辆，平时任何人都不许上桥。

就这样，日本人还是不放心，他们采取措施，把那位广东工程师扣押在桥上的机器房里，每天负责开关桥梁，不许下桥。

再以后，桥上的机器房来了一个日本"包役"，"包役"名义上是来照顾工程师的生活的，一天大哥哥顿给工程师做好吃的好喝的，看上去对工程师彬彬有礼。可是，一旦工程师要求下桥，他就千方百计地想办法阻止。

人们说：那时候，大桥一天开四次，关四次。开一次持续一个小时。到点就开，到点就关。每逢工程师开关大桥的时候，日本"包役"就凑上来，两眼紧紧盯住工程师手中的钥匙，看工程师先用哪把，再用哪把，并且他还特别留意哪把钥匙对的是哪个锁眼。

工程师是个聪明人，自然早就看透了这个表面哈巴狗一样摇头摆尾的日本人，其实是个特务，是专门来偷窃开关大桥的诀窍的。一旦这家伙掌握了开关大桥的技术，工程师自己的命就将岌岌可危了。

果然，当日本"包役"自以为看得差不多了的时候，就向工程师提出了代替工程师开关大桥的要求。

工程师无法阻止日本人试着开关大桥，因为他知道这个日本人是上面专门派来的，目的就是为了取代他。日本侵略中国，

⊕ 断桥宣誓

他们知道中国人恨他们，所以他们对中国人是不会放心的。工程师不给日本人钥匙是不行的。所以工程师就把钥匙给了那个日本"包役"。日本"包役"数了数钥匙，总共是71把。那些天，日本"包役"在旁边看中国的工程师用的就是这71把钥匙。他觉得没有错，于是就把钥匙一把一把地对准锁眼开桥。大桥果然慢慢地开了。日本人再用钥匙一把一把地对准锁眼关桥，大桥又慢慢地合上了。日本"包役"这下高兴起来，对中国工程师说："你在这儿等着，我去买酒，买菜，一会儿咱俩干一杯。"

日本"包役"走了，不过，他不是去买酒买菜，而是去他的上司那里报信，说他已经掌握了开关大桥的技术了。于是，日本人就决定杀了中国的工程师。可是当他们带人赶回桥上的机器房的时候，中国工程师已经不见了。

桥下有大船等待桥开启后通过。日本"包役"发现工程师虽然不见了，可那七十一把钥匙还在。大桥已经到了开启的时间，于是日本"包役"就很自信地使用起钥匙。大桥顺顺当当地开了。船顺利地从鸭绿江中通过，日本人很得意。他们没有料到，当大桥需要关闭让桥上的火车通过的时候，麻烦出现了。

日本人发现：桥虽然合上了，可是，桥的接头处并不严丝合缝，火车无法通过。日本人摆弄了好长时间，还是没法使大桥严丝合缝。不仅如此，当日本人企图把大桥再次打开的时候，所有的钥匙都不管用了。大桥纹丝不动，再也没法开启了。

那72把钥匙中有一把最小的钥匙，工程师一直把它夹在自己的指缝里。每次开关大桥的时候，最后一把钥匙工程师夹在指缝里，使旁边的人看上去只是用手摸了一下什么地方，其实这一摸里面就有文章。日本特务把71把钥匙的使用过程都看得清清楚楚，但他怎么也没有想到还有一道机关是在工程师一摸的过程中完成的。日本侵略者尽管武装到了牙齿，并且狐狸一般地狡猾，但是在智慧的中国技术人员面前，他们最终还是失败了。

这座大桥从此再没有开启过。日本侵略者在没有办法的情况下，只好动用焊工，将铁桥焊死。这样才勉强维持火车的通行。不过，高大一些的船只从此再也无法从桥下通过了。鸭绿江的航运由此受到了一定程度的影响。

"中朝友谊桥"

1943 年 4 月，日本侵略者又强迫中朝两国劳工在铁桥上游的不远处修筑起了第二座鸭绿江公路铁路桥梁。

同断桥一样，鸭绿江丹东段的第二桥也遭受到美军飞机的狂轰滥炸，但是，在中朝两国军民的奋力掩护下，大桥虽遍体伤痕却仍昂然挺立。后来人们说：这是一条打不垮、炸不烂的钢铁运输线。1958 年 2 月 18 日，以周恩来为首的中国政府代表团，应朝鲜政府的邀请，经过这座大桥到达平壤。2 月 19 日，两国政府发表声明，决定中国人民志愿军于 1958 年 10 月 26 日前，分批全部撤离朝鲜回国。丹东人民忘不了，那段日子里，这座桥的桥头搭起了高大的凯旋门，英雄的中国军人就是从这里回到了祖国母亲的怀抱。

一座桥就是一段历史。这历史有硝烟血泪，这历史有离合悲欢。如今鸭绿江上的这座桥已经成了鸭绿江两岸中朝两国友谊的象征。

1990 年，经中朝两国协商，这座英雄的桥梁正式更名为"中朝友谊桥"。

与大桥齐名的还有鸭绿江

⊕ 中朝友谊桥旁

畔的"中朝友谊金笔厂",还有鸭绿江边的"中朝友谊乡"。

1988年4月18日,中国丹东市首批友好旅游团开始了朝鲜新义州"一日游"活动,从此拉开了中朝两国相互开展自费旅游活动的序幕。现在,这里不但有了"一日游",而且还有了"三日游""五日游"。

带着友谊,带着希冀,一批又一批游人踏着鸭绿江欢乐的江波起程了。鸭绿江在祝福他们,他们显然也在祝福鸭绿江,祝福中朝友谊像这一江绿水一样源远流长,奔腾不息。

凛凛正气
——边防军的故事

真敢玩儿命!

5连3排代理排长沈海还是一个兵的时候,连队接到举报:有人在江边走私。

夜色已深,连长带上沈海等几名士兵分别乘车朝江边疾驰。

春天,江水很凉。沈海转了几圈,终于透过浓浓的夜色,发现江面上有个橡皮筏子,再仔细辨认,皮筏子上面有四个人,其中一个很快涉水回到对岸去了,剩下三个,显然是这一方参与走私的。

沈海和另外两名战友赶紧跃下江堤,跑到江岸边,挡住了三名走私嫌疑人的去路。

三对三。嫌疑人是三个人,边防士兵也是三个人。

沈海说:"你们跑不了了,上来吧。"

嫌疑人不紧不慢地说:"你们就三个人,还想抓我们,算了吧，赶紧回去吧。"说完就开始划动橡皮筏，想借助水流逃走。

沈海急了，一下子跳入早春冰冷的水中，几步跨过去，抓住了水中的橡皮筏子。

三个嫌疑人很意外，他们没想到这样的冷天，沈海竟然敢下水。

皮筏子开始加速，沈海觉得自己的脚下悬空了，浑身上下都浸了水，冰冷刺骨。沈海不会游泳，他知道，自己一旦松手，必定沉入江中。所以他只能闭住嘴，憋住气，两手紧紧抓住皮筏子的边沿，宁死不放手。

"横的怕愣的，愣的怕不要命的。"沈海显然属于不要命的。三个走私嫌疑人服气了。走私不能走出人命来，走出人命那事儿可就大了。于是只好放弃逃逸，说："你这个小当兵的，还真敢玩命啊？"

后来连长赶到了，三个嫌疑人已经服服帖帖。连长过后对沈海说："你不要命了？当时人家要是用桨拍你一下，把你拍江里，我上哪儿去找你啊？"

⊕ 真敢玩命

⊕ 快速出击

沈海憨憨地笑了，说："当时就想抓人了，也没想自己啊。"

睿智，玩命，遇上这样的士兵，连长唯有感动，还有啥话说呢！

其实，敢玩命的还不仅仅是战士。

有一次边境潜伏任务，连长孟凡伟安排一个组负责堵截，他亲自带着新战士吴阳悄悄潜行，向走私嫌疑人所在的方向靠近。

孟凡伟脚步很轻，跑得很快。跑过一个涵洞，眼看就要接近目标了，回头一看，吴阳不见了。

⊕ 泥流勇进

　　孟凡伟想找吴阳，吴阳是个新兵。因为有潜伏任务，他还不能大声喊，没办法，只能转过身，慢慢往回找，找了半天还是没找到。

　　就在这时，目标出现了。那是一辆拉了走私物品的三轮机动车，孟凡伟听到了机动车的马达声。他顾不上找吴阳了，赶紧穿过大涵洞，影影绰绰看见四五百米开外，机动车正从江边沙滩处开出来。

　　孟凡伟跑到一个机动车必经的拐弯处，准备强行拦车。机动车没开远光灯，车上的人远远地用手电光照，看拦截的只有孟凡伟一个人，于是便开足马力，朝孟凡伟撞过来。孟凡伟一侧身，躲过了机动车，然后顺势抓住了车身的栏杆。

　　机动车没有停，驾驶室里的司机还在猛踩油门加速，车厢上的人则用脚踹孟凡伟，企图把孟凡伟摆脱掉。

　　这一幕有点像当年的《铁道游击队》中的情景。机动车速度越来越快，孟凡伟转眼就被拖出去了四五十米。腿上的裤子已经被拖破了。车上的人再次狠命地用脚猛踩孟凡伟紧紧抓在车厢边的手，孟凡伟躲闪的瞬间，就势在地上滚出四五米，总算没有摔伤，然后爬起来继续追。

机动车迎面出现了另外一个潜伏组,机动车开始掉头往江边跑。战士屈昌龙抓住车厢板一跃跳上了机动车。机动车还是没有停,车上的人连踢带踹。屈昌龙一边防御,一边顺手抢下一袋走私物品。

几番争斗,走私嫌疑人知道不能再这样硬扛下去了,后来只好认罚道歉说:"你们大部队真是不一样,我们以为开快车能镇住你们,没想到你们连命都舍得,果然厉害。我们服了。"

防"万一"不惜"一万"

"边防"二字,一个是"边",边境。一个是"防",防越境,防偷渡,防走私。边防军不同于一般的作战部队。一般的作战部队平时无仗可打,最主要的任务便是训练。边防连队则既要训练,又要守边。既有"战士"的职责,又有"警察"的职能。尤其是面对日益猖獗的走私和贩毒活动。尽管这是一个和平的边境,但有边境便免不了会有走私,有贩毒。

走私没有时间表,更不会有规律。猫走不走直线完全取决于老鼠。"老鼠"的活动没规律,李连磊和战士们的潜伏自然也就没规律。潜伏有成功的时候,但更多的时候是一无所获。特别是冬天潜伏,李连磊和战士们内衣、绒衣、棉衣、大衣、手套、大头鞋,里三层外三层,上面还披着雪披,一动不动趴在雪地上,经常一趴就是一个晚上,手脚不一会儿就冻僵了,不听使唤了。换来的结果却常常是无功而返,连"老鼠"的影子都没见到。

⊕ 不惜"一万"　　　　　　　⊕ 有"边"就有"防"

即使这样他们也不能放弃潜伏。为防"万一"，不惜"一万"。

那天李连磊又接到了夜间潜伏的任务。这是一个夏天，他们在此之前已经潜伏过无数次了。

尤其是那个大雨滂沱的夜晚，李连磊带着战士冒雨隐蔽在靠近边境的草丛中。风声、雨声、雷声，汗水、雨水，鞋袜湿了，衣裤湿了，举目满眼都是湿漉漉的。然后开始发冷，越是一动不动，越是发冷。李连磊咬紧牙关挺着，他是排长，他必须带头。时间过得很慢，一秒一秒的，走得很慢。越是艰难的时候，时间的步伐越是走得很慢。他们就这样苦苦地在雨中蹲守了一晚上，但最后还是一无所获。

这次，还是夜晚，还是悄无声息的潜伏，还是漫长艰辛的等待。会不会再一次扑空啊！李连磊的表情是坚定的，眼神是坚定的。谁动摇，李连磊都不能动摇。不能动，不能出动静。等，坚决等。潜伏需要的就是耐力。

突然听到了动静。有动静了！李连磊听到了动静，战士们很快也听到了动静。果然有情况。是不是"老鼠"真的出动了？

"注意，做好战斗准备。"李连磊悄声命令。

李连磊知道，边境无小事，边境有偷摸来往的毒贩子，也有跨境抢劫的杀人凶手。毒贩子不同于一般的走私，走私通常都是赤手空拳。毒贩子就不同了，他们通常都有武器。罪恶越大，越是武装到牙齿。我们很多边防战士就是在抓捕毒贩子或是抓捕越境抢劫罪犯的行动中献出了自己年轻的生命。

声音越来越近，越来越清晰。

李连磊看清了，是一辆车，一辆轿车。

李连磊命令战士从两侧隐蔽包抄上去，自己由正面悄悄接近目标，然后突然出现在目标面前，示意司机停车。

"我们是边防部队。请下车接受检查。"

车上总共有两个人，其中一个是司机。李连磊和战士出现得很突然，并且荷枪实弹，两个人即使想反抗也没有机会，所以只能乖乖听从命令，下车，接受盘查。

　　"都是乡里乡亲的，我们遇到点麻烦，回来晚了。"两个人试图解释。

　　"有身份证吗？"

　　"有，有。"

　　两个人取出了身份证。李连磊仔细看了半天，找不出丝毫破绽。

　　"把后备厢打开。"

　　轿车的后备厢打开了，李连磊仔细检查，还是没发现任何破绽。

　　"你们暂时委屈一下，不要动。"

　　李连磊示意战士盯住两个人，自己带一名战士进入车内检查。

　　车内的空间不大。后座背椅的后面随便放了一些物品，没有什么可疑之处。前后的座位底下也没啥。掀开前面的座椅垫，还是没啥。可是，等掀开后面的座椅垫，狐狸尾巴露出来了。李连磊发现了一支左轮手枪，还有子弹，有现金，有包裹严密的毒品。两个犯罪嫌疑人胆子够大的了，这几乎等于毫无掩饰。或许他们以为在这种"鬼龇牙"的时刻，"猫"们一定在打瞌睡。

　　"不许动，你们被逮捕了。"

　　"别，别。好商量，好商量。"

　　两个犯罪嫌疑人眼看蒙混不了了，马上堆出一副笑脸，对李连磊说："你们当兵的也不容易，我这里有两万元钱，你们放我一马，这钱就都是你们的。"

　　李连磊心想，你把我们当啥了？跟我们来这套，你这也太不自量力了。

　　"少废话，老老实实跟我们走吧。"

　　"带走。"

　　两名犯罪嫌疑人乖乖就擒。

　　这一次，李连磊查获了1支手枪，20发子弹，还有300余克冰毒。

除此之外李连磊还抓获过走私车。

那也是一次夜间潜伏，有一辆出租车从很远的村落里开过来。半夜三更的，出租车跑到这么偏僻的边境干啥？李连磊认为有问题。于是决定对出租车进行盘查。

⊕ 界碑在我心中

车上也是两个人。一个是司机，另一个呢？

"你是干啥的？这么晚，打车去哪儿？"

李连磊开始盘查。

"我，也没啥，就是想出来溜溜。"另一个人吞吞吐吐。

李连磊车里车外，看了一圈，没看出破绽。

"把后备厢打开。"

司机打开后备厢，李连磊发现后备厢里有一块新电瓶。

"这电瓶是咋回事儿？"李连磊问。

"啊，没啥。是买的。"

"是不是车在山里面抛锚了？"

"不是，不是，哪有什么车啊！"

看那人越来越慌张，李连磊觉得事情并没有他们说得那么简单。

"这样吧，你们先把车开到我们连队，等我把情况调查清楚，你们再走。"

李连磊命令一名班长带一名战士先把两个嫌疑人带回连队，他带领其余的战士沿边境公路仔细向前搜寻。李连磊的判断是：一定是有走私车因电瓶没电抛锚了，被藏在某个地方。这两个人是带电瓶来修车的。

走出很长一段路，李连磊果然在路边的草丛中发现了一辆隐藏的无牌照汽车。

汽车里面没有人。很明显,这是一辆走私车。

一起边境汽车走私案被及时报到边境派出所,走私贩落网了。

在边防连,李连磊先后走访了辖区28个村屯,走遍了全长165公里边防线。先后带队抓获走私分子13人,截获走私车辆3台、铜锭10吨、毒品1000多克,拒收钱物10余万元。为了不断提高边防执勤本领,他还把《中国人民解放军边防执勤条令》《吉林省边境管理条例》等内容中规定的273条边防政策法规,做成"口袋书"随时学习,做到了边防政策法规"一口清"。

光彩不减

历史学家考证,杨靖宇将军在壮烈殉国前,与围剿他的日寇曾有一番对话。日寇翻译说:"君是杨司令吗?"

杨靖宇大义凛然地说:"是的,我就是杨司令。"

日寇翻译说:"我们是通化的警察队。在我们的部队里面,曾经是君之同志的程(斌)、崔(胄峰),都担任着警察队的指挥。安参谋(指叛变的原抗联第一路军参谋长安光勋)也在总部工作。若是君能归顺,岸谷厅长必会热切相迎。现在这个地方,要逃脱是不可能的了,何必急着去死呢?考虑一下归顺可好?"

杨靖宇毫不犹豫地回答说:"我珍惜自己的生命,但不可能如你所愿。很多(我的)部下都牺牲了,我如今只剩了自己一个人。虽临难,但我的同志们在各地转战,帝国主义灭亡之日必将到来。我将抵抗到底,无须多说,开枪吧。"

说着,杨靖宇便开始用两支手枪还击。鬼子下令说:"打!干掉他!"双方激战了十分钟,杨靖宇不幸中弹,倒在地上,再也没能站起来。

杨靖宇手上有一支驳壳枪,两支科尔特手枪。他直到生命的最后一刻,也没有放弃手中的武器。

杨靖宇在生命的最后一刻可以选择生,甚至可以选择荣华富贵。

⊕ 弹无虚发

但苟且的偷生和苟且荣华富贵不属于民族英雄，杨靖宇将军虽然牺牲了，但他的精神，他的气节，却依然在白山黑水的广袤土地上传承不息，光彩不减。

边防团，临近老兵退伍季，早上有人在监控室打扫卫生，突然发现口岸的方向有人朝这边扔东西。

"沈海，你快看，那人扔的是什么东西？你看，肯定是有东西扔过来了。"

"赶快过去看看。"

沈海叫了一个战友，赶紧离开监控室，朝口岸方向跑去。

冬日的清晨，气温很低。一个女人上身穿一件羽绒服，从口岸方向走过来，刚上江边的台阶，便被沈海拦住了。

沈海问："你刚才接的什么货？"

女人说："没接什么货啊。"

沈海知道，对面扔过来的包就揣在女人的怀里。女人把东西揣怀里，沈海是没法动手搜查的。

沈海说："我们是边防的。刚才看到你接东西，你要是不让我们检查，我们就只好把你带到营部去。"

女人说："你们看走眼了吧，我真的没接什么东西。"

沈海说："你不认账,那就没办法了。请跟我们走吧。"

女人一看躲不过去,于是就说："别,别。我让你们看还不行吗?"说完就从怀里拿出一个黑塑料包,说："你看看,这哪是东西,这是钱。别人还我的钱。"

果然是钱,100元面值和50元面值的。沈海父母不是高干,也不是大款,家里生活很一般,对他来说有生以来还是第一次看到这么多的钱,看上去足足有四五万。

"一大早你哪来这么多的钱?不行,你得跟我们走一趟。"

女人见沈海不依不饶,于是便从一摞百元大钞中点出3000元,递给沈海说："给你3000块钱,就这么点事儿,谁也不知道,你就别再拦我了。"

这个世界上确实有人会为金钱折腰,甚至有不惜出卖国家和民族利益为金钱折腰的。但是沈海不能,沈海是军人,是这片杨靖宇将军撒过鲜血的土地上的军人。沈海说："对不起,你看错人了。"

沈海马上给营长打电话,说："有人走私,拿到几万块钱,被我们截获了。"

营长说："好。我马上派车过去,你们赶快把人带到营部来。"

营里的人来了,会晤站的人也来了,后来海关的人也来了。又一起边境走私案水落石出。

有这一条就值了

多少次,截获走私嫌疑人,嫌疑人的第一反应就是钱,就是用金钱去贿赂。但是,一次次的结果只有碰壁。

司务长杨会平上街买菜,付钱的时候,卖菜的商贩说："不用付了,已经有人给了。"

"谁给的?"

商贩指了指刚刚走过去的一个人。杨会平追上去,说："刚才的菜钱是你付的吗?"

那人说："是啊。一点小意思。"

杨会平说："这不行。我们是解放军，不能占这样的便宜。"说完就把菜钱硬塞到那人手里。

那人推辞说："这点钱算什么？一回生，两回熟。交个朋友嘛。"

杨会平说："军民本来就有鱼水情。但是，你要是有别的想法，那可不行。我们抓走私，对谁都不能客气。"

哨所战士谭燕中奉命到市里参观"红色基地"，这对谭燕中来说是一种荣誉，对偏僻哨所的战友们来说也是一个机会。大家纷纷拿出积蓄，这个让谭燕中带钢笔，那个让谭燕中带口琴，购物的账单密密麻麻列了一大片。

没想到，回到哨所的时候，谭燕中首先拿出来的竟是一面鲜艳的五星红旗。谭燕中坚信，这红旗的颜色是杨靖宇将军的鲜血染红的，是无数抗联英雄的鲜血染红的。

每天清晨，当鲜艳的五星红旗在边关哨所冉冉升起的时候，

⊕ 巍巍长白

当"1、2、3、4"洪亮的队列口号声响彻群山的时候，不知情的人以为这是整整一支队伍的声音。他们哪里知道，这仅仅是哨所几个人发出的声音。几个人发出的队列声音也能像一个连一个营一个团那样气壮山河，因为他们是红军精神的继承者，是民族英雄杨靖宇将军的传人。

这是大年三十，除夕的晚上。新一年钟声即将敲响的时候，边防连长孟凡伟还在边境线上带着战士巡逻。突然，前方的路旁出现一个身影，手上明显拿了什么东西，并且开始拦车。这个时候，谁不在家好好享受阖家团聚之乐？大半夜在路边堵车干啥？孟凡伟当即命令："停车，准备战斗。"

车停下来，孟凡伟下车，仔细一看，原来是位老大爷，手里端了一盆饺子。

孟凡伟说："大爷，大过年的，您站这路边干啥呀？"

老人说："我就在这儿等你们。我们一家老小，团聚在一起过年。你们背井离乡，大过年的还得出来巡逻，你们为的啥？还不是为了国家，为了边防，为了我们？我等在这里，就是想请你们吃点年夜饺子。"

那一瞬间，孟凡伟觉得心里很热。

军人，这些年经常被称为"穷当兵"的，有时还会被一些所谓的"公知""名人"抹黑，有的还遭遇过舆论围剿。但是在这片民族英雄杨靖宇战斗过的土地上，在这一线边防，在这一方百姓的心中，解放军还是靠山，还是亲人，那最亲最亲的人。

在这一方土地上，金奖银奖在这些战士眼中都比不上英雄土地的人民夸奖，金杯银杯都比不上英雄土地的人民口碑。孟凡伟心中一直认为，有人民口碑，自己和战友们的所有奉献，都应该，都值了！

淼淼星舟
——鸭绿江的故事

光绪江艏

有水即有人居，有人居即有运输。有史可考的鸭绿江最早的运输是在中国唐代渤海国时期。渤海国归入唐王朝行政管辖之后，往来朝贡的路线之一就是由渤海上京龙泉府至鸭绿江上游的西京鸭绿府神州，也就是后来的临江，由临江登舟沿鸭绿江入海，至登州，最后转长安。唐朝派官员出使渤海国，走的也是这条路线。

朝贡所派遣的是一些官员，所带的物品是一些稀有的特产、宝物。就朝贡所运载物品的数量而言当然比不得大宗物资的运输。鸭绿江水上大宗物资的运输始于清朝末年。时任长白府知府的张凤台曾有过这样的记述：

现时（1908年），自十三道沟以下至安东县，已能行驶浅水汽船；自十三道沟以上至长白县城以下之两江口，则仅能行驶旧式之民船。

光绪三十四年冬，包修大江艍两艘，小江艍四艘、于宣统元年五月间竣工，由通化运至安东，溯鸭江而上，至长白府。每大艍一艘配置巡兵十名；小艍一艘配置巡兵五名。共四十名，夏秋运货，冬春巡江，暇时则教以操法，并授以万国江河公例，以便应付外人。

⊕ 鸭绿江早期的将艍业

　　江艍是一种木船。张凤台作为清朝一名边关官员，在考虑江运的同时，不能不想到防务，所以他包修的船一律配置上巡兵，"夏秋运货，冬春巡江"，运货、巡江两不误。六条船，往来的水域是上江。因为上江江道狭窄，水流急，石哨又多，所以行驶的船只寥寥无几。但中江、下江情形就不同了。据说，当时鸭绿江中、下游每年上下的船只可达两千余艘。下运的货物主要有大豆、豆饼、线麻、黄蘑、药材、皮张等，上运的货物有面粉、火油及布疋等。

　　鸭绿江也有过纤夫，纤夫被有钱人称作"江驴子"，这当然是一种蔑称。当时从鸭绿江下游的安东乘木船去上江，靠的就是纤夫。纤夫肩头上挎着绳盘，脚下踏着土路、沙路、石路，嘴上喊着低沉的号子，一天要拉船走上二三十里。那情形似乎并不像通俗歌曲中唱的"恩恩爱爱，纤绳荡悠悠"那般轻松。

　　有江运就有码头。鸭绿江已知最早的码头也出现于中国唐代渤海国时期。那时中国的临江叫神州，也叫神鹿县。当时的神鹿县就设有码头一座。随着木材开采业的兴盛，水运码头也在不断增加。20世纪初叶，鸭绿江沿岸大大小小的码头加起来有数十座。随着沿江电站的兴建和公路、铁路的建设，航运逐渐衰落，剩下的码头也就寥寥无几了。

鸭绿江的客运始于清朝末年。最初的客运只是"捎脚"，就是顺路搭乘过往运货的货船，船主并不要求搭乘人交费。后来搭乘的人越来越多，"捎脚"过大。于是船主人就开始收费了。这时的货船也就变成了客货两用船。再后来，过往旅客逐渐增多，一些较有实力的船主就适应需求营造了专门运送旅客的"客尖船"。1926年，鸭绿江仅在临江境内江段就有客货码头3处，客尖船7艘，年输送旅客2200余人次。到1936年，临江已有客尖船21艘，年航行60余次，旅客运输量达9000多人次。加上当时还有较高档次的运载旅客的汽船，临江上下的客流量可达1.5万人次。

"木把"人生

在鸭绿江运输量最大的还是木材。历史上，鸭绿江上游每年都有大量木材产出。木材运输的主要形式是放木排。放排的历史最早可追溯到清朝末年。那时朝廷岌岌可危，似乎已无暇顾及自己的龙兴之地，山自然也就封不住了。于是大片的森林开始被采伐。

当地"老木把"说，鸭绿江沿岸早年有木厂子，木厂子分"本字厂子"和"洋木厂子"。"本字厂子"是私人开办的。"洋木厂子"是公家办的，也有中国和日本人合办的，像鸭绿江采木公司，就是中日合办的。他们招工，被雇的人要有人担保，怕你吃不了苦半道跑了。担保人找一个还不行，得找两个，就是跑了和尚也跑不了庙。人跑了，找担保人赔偿损失。找了担保人，签了合同，他们就先给你一些生活费，让你买点鞋袜衣服什么的，然后就进山去伐木。那时候，苦哇。人说死就死。冻死的，病死的，活拉拉让木头碾死的，咋死的都有，不死的算是命大。

木厂子招募来的工人不叫工人，叫木把。有人说，木把是一种贬称，也有人说，木把是从拜把子引申来的。那时进山伐木的，多数是些单身汉，也叫"跑腿子"。"跑腿子"一个人形单影只地进森林，心里不托底，所以就想找些伴，于是几个"跑腿子"就凑一起，磕头拜把子。据说那时进山伐木的人多数都拜过把子。木把就包含了拜把子的意思。

伐木用斧头，也用歪把子锯。开始伐木前要举行仪式，这种仪式叫"开山"。仪式通常由把头主持。把头是木把的工头。"开山"要选一个好日子，还要选一棵大树，把头在树上用斧子砍一个小庙形的"罩头"，罩头被尊称为"老爷府"。接下来就是杀猪摆供，然后把头率领众木把一起跪在"老爷府"面前，烧纸烧香，祈求神爷老把头保佑木把伐木安全。被供奉过的大树要伐倒，据说这其中的寓意是稳稳当当，平平安安。

山里的规矩很多，譬如树墩子，木把再累也不许坐，因为按讲究这是山神爷的座位。还有采伐时不准说笑，不准带女人进山居住，不

⊕ 木把人生

准说"虎"字，因为当时的人把老虎视为山神。尽管讲究多如牛毛，但死人的事还是经常发生。譬如树身劈裂，半棵树飞起，木把躲闪不及，就会被撅起，凌空摔死。还有"坐殿""倒挂"，摘挂时摘不好，树倒下来就会把人砸死。

伐下来的树木要集中到一起，这种集中叫"归楞"。木垛越堆越高，木把稍不小心，从垛上滚下来，就会被"擀面条"，也就是被原木碾死。

其实，真正能避免意外的并不是烧香磕头，不是什么神灵，而是科学的态度和必要的技术。老木把都知道伐木要上下锯两个茬口，并且两个茬口的距离还要适当。树要倒的时候要喊号子。号子分"顺山倒""迎山倒"和"横山倒"三种，意思是告诉人们树倒的方向，以提醒人预先避开。

伐下来的木头当然要运出去。运木头的方法有很多，譬如冬天利用冰道，利用爬犁。爬犁看上去简单，但跑起来却很轻。所以作为冬天的交通工具，似乎一直都受到人们的青睐。

开江以后，当然要利用水道。早年利用水道运输是因为长白山道路少，交通不便。后来利用水道是因为这样可以节省运输费用。据统计，水路运输较陆路运输可节约费用高达90%。

鸭绿江上游的第一个林场是横山林场。目前这个林场管辖的森林面积近三万公顷。20世纪初，这里有木把上千人，如今这里的林业工人不到400人，并且担负的任务也由单一的采伐变成了营林、育林多业并举。"靠山吃山"如今有了新的含义，就是靠山育山。没有育，最终的结果只能是"坐吃山空"。

伐木也与过去的斩尽杀绝不同，而是改为有计划的间伐。鸭绿江上游沟沟岔岔的水流较小，要使其能够漂起原木，就得修闸蓄水。几乎所有的河流上、下水段都要修好几道闸。这样水蓄多了，流量大了，原木才能顺流而下。这种运输方式也有

⊕ 两个人的木排

一个特定的名称叫"赶河"。

排工今昔

分散的原木集中到鸭绿江主江边，接下来就是穿木排。木排按捆扎的方式主要分为"本字排"和"洋木排"。本字排又称"大排""硬吊子"。这种大排始兴于 20 世纪初，是私人木厂流伐的一种形式。本字排上有一种简单的木板房，如同船舱，但不叫船舱，而叫"花棚"。花棚分三间，一间住人，一间做饭，另外一间供奉山神爷、老把头和所谓的龙王。

比起本字排，洋木排较为简单，所以后来人一般都穿这种木排。

长白山的春天较内地来得晚，一般每年到了五六月份，冰雪才陆续开始融化，山上的水汇集到江里，江水上涨，这时才可以大规模的放排。

一张排通常有两个人，其中师傅有叫把头的，也有叫大保子的，还有叫头棹的。另外的一个或称木把，或称二棹、尾棹。二棹、尾棹当然要听从头棹的。

流筏当然不是鸭绿江独有的，更不是鸭绿江首创的。据说鸭绿江上的排工最初来自黄河岸边。中国长江、黄河流筏的历史相当久远。鸭绿江上的流筏与内地自然有一脉相承的关系。

与伐木一样，过去放排的讲究也有许多。譬如杀猪、宰羊、烧香，供奉老把头，供奉所谓的龙王。还有就是每到水流比较急的江哨的时候，排工通常都要大声喊叫，这种喊叫一方面是为了互相提醒注意，另外就是为了给自己壮胆。据排工统计，鸭绿江上有哨口 3000 多个，哨口水流急，落差大，一不小心，操作失当，木排撞击到水下的石头上，就会发生散排，这时排上的人就有生命危险。

鸭绿江上的排工曾编过一段顺口溜："大鬼遭乱，二鬼见面，阎王鼻子闻一闻，谷草垛分一半。"顺口溜中的"大鬼""二鬼""阎王鼻子"和"谷草垛"都是排工为江哨取的名字。传说"大鬼""二鬼"本是两兄弟。因为住店不给店主人钱，而且还又偷又摸的，店主人一气之下，趁二人夜间熟睡的机会，将二人装进麻袋，投入江中。中国民间有一种观念，就是认为这种非正常死亡的人死后将会变成鬼，并且是一种不安分的鬼。俩兄弟落水的地方恰好有两个哨，后来的人就把这两个哨称作了"大鬼""二鬼"。顺口溜中说"大鬼""二鬼"爱闹事，所以过去排工放排到达这里，一是要大声喊叫，给自己壮胆；另外还要往江里倒一点儿酒，意思是安抚"大鬼""二鬼"，求得平安。至于阎王鼻子和谷草垛，说的都是江哨的凶险。

鸭绿江上容易散排的地方有很多，像黑瞎子哨、二龙斗，还有大闺女石。过去传说大闺女石那儿有女人脱了衣服洗澡，排工光顾看洗澡的女人了，一走神，木排撞在礁石上，散了排，死了人。所以这以后，每逢木排临近大闺女石，排工都不敢朝石上看了，不敢走神。不走神也有散排的时候。有一次过黑瞎子哨，当时江上有两张排，临到黑瞎子哨时，两张排错不开了。一张排一下子撞了石头，绳子断了，排散了。眼看着排头钻水

⊕ 通过江哨的木排

里去了，二棹冲徒弟喊了一声快跑，这时排头已经下沉了，二棹被水漂起来，排尾从后面甩过来，二棹一下子就被压到了木头底下。八米长的木排，一般遇到这种情况，就是九死一生。二棹当时没慌张，在水底下一根一根数木头，数到差不多的时候，就往上浮，果然，木排过去了，二棹没死。上来就赶紧归拢木头，把散了的木排再重新扎好，然后接着朝下放。排工一年到头，干的就是这个。

祈祷没能给伐木的木把带来绝对的平安，放排的一些讲究也没能给排工带来绝对的安全。历史上，鸭绿江上排散人亡的情形时有发生。那时，排工们还有一段顺口溜："鸭绿江，闯恶哨，十张木排九张翘。木头把子要过哨，孩子哭来老婆叫。"

无数排工的经历都表明：迷信只能起到一种精神安慰或精神麻醉的作用。江上放排看起来简单，其实这当中有很深的学问，需要很强的科学精神。排工们说，朝鲜有排工大学。排工大学具体学哪些课程，他们说不清楚，但有排工大学这一点似乎是毋庸置疑的。

朝鲜当然也放排。比起中国的排工，他们似乎更多一些书本知识。因为他们是经过大学培训的。两国排工遇到一起，一般都要热情地打招呼。江上放排，彼此都是寂寞的。偶尔相遇，打打招呼，至少可以排遣一时的寂寞。再就是一种礼节，一种情感的交流。平静的水下经常潜伏着凶险，多一些友情，危难的时候就可能多得到一份援助。

鸭绿江流筏有一些特殊规定，这种特殊规定不但包括两国排工可以互相帮助，互相救援，而且遇到自然灾害等特殊原因，木排可以停留在对方岸边，甚至排工不用办出国护照就可以到对方岸上食宿。

当然，这些特殊规定只是针对排工的。排工在江上作业必须持有有关部门统一发放的流筏作业证。作业证在关键时刻似乎一点儿都不亚于出国护照。

比起新排工，老排工似乎更善于趋利避险。这上下数百里江面，什么地方直溜，什么地方有弯；哪儿水深，哪儿水浅；哪儿水下一抹平，哪儿水下有暗礁……这些早都铭记在了老排工的心里。所以，放排放到什么地方可以松口气，放到什么地方必须绷紧神经；还有到了什么地方应该提前做好准备，调整好木排的位置，过哨的时候怎样掌好舵，出了险情怎样冷静处置……老排工都有一整套完整的招数。如果说排工应该经过大学培训，那么对于中国的排工来说，这鸭绿江似乎就是最直接的排工大学。事实的确如此，鸭绿江养育了一方人，也造就了无可计数的熟练的排工。

鸭绿江上的排工每年有三四个月的时间在江上放排。江边每隔七八十公里就有一个排卧子。排卧子就是排工临时休息、补充给养的地方。鸭绿江上有风，也有雨。有风有雨的日子，排工就躲在排卧子里等天晴。江上是无边的寂寞，排卧子里也是无边的寂寞。有时，无所事事的等待反而更让排工们感到难熬。

风息雨住，排工又打起精神上路了。停排时需要用力气，起排时更需要用力气。遇到山崖，尤其是在江水拐弯时遇到山崖，那可真够他们忙乱一气的。

对于排工来说，过哨过崖时提心吊胆的紧张和过哨过崖后缓缓流淌的松弛总是不断交替进行的。紧张有紧张的情致，松弛也有松弛的难耐。有人说，再好的风光景致，在排工眼里都不过是石头上长了几棵树，或者是怪模怪样的石头上长了几棵树。这似乎是：不识鸭江真美貌，只缘常在此江中。难怪哲人们说，距离产生美。

历史上，木排从鸭绿江上游的长白一直可以放到临近入海口的丹东。后来，鸭绿江上接连修筑起了四座电站，于是长途船只不见了，木排也只能放到250公里处的临江了。

⊕ 放水的云峰电站

拦江水电

鸭绿江主要江段大多处于高山峡谷中，水流落差大，便于利用水力发电。鸭绿江最早的电站建于 1937 年，是日本人组织修建的。日本人修电站当然不是为了造福这里的百姓，而是为了掠夺这里的资源。鸭绿江水环山绕的一隅，中国人叫拉古哨，朝鲜人叫水丰。水丰电站因为是鸭绿江上最早修起的电站，所以曾有过一段引人注目的历史。

从地理位置上看，鸭绿江最上游的电站是云峰电站。或者说鸭绿江四个梯级电站的第一级是云峰电站。云峰的这一侧是中国集安市的青石镇，另一侧是朝鲜慈城郡的云峰里。外来人走到这里会发现大江突然不见了。原来这里的鸭绿江被截流后，江水由人工山洞中穿过，通过水轮机，从而带动电机发电。这样，原有的一段江道就因断流而干涸了。除非发大水，需要开闸泄洪，否则这一段江道就一直是干涸的。这似乎也是鸭绿江一道独特的景观。

云峰发电站始建于 1959 年 10 月，其中大坝部分由朝鲜方面负责施工，厂房部分由中国方面负责施工。1965 年 9 月 9 日，在朝鲜庆祝建国 17 周年时，电厂第一台机组开始发电。两年后的 1967 年 4 月，四台十万千瓦功率的机组全部投产。

最下游的鸭绿江四级电站是距中国丹东和朝鲜新义州40公里处的太平湾电站。这座电站正式开工建设是在1982年。全部建成投产的时间是1987年11月。这座长1185米的混凝土宽缝重力型大坝，由62个坝段构成，坝顶高层36.5米，设28个溢流口，最大泄流量每秒可达56100立方米。水库正常水位高29.5米，相应库容1.7亿立方米。发电厂安装有四台中国产水轮发电机组。

鸭绿江上的四座电站，云峰、太平湾两座电站因为建在中国境内，所以由中国方面负责管理。渭原、水丰两座电站建在朝鲜境内，所以由朝鲜方面负责管理。四座电站每座都有一半机组负责向中国境内供电，一半机组负责向朝鲜境内供电。

电站的修筑，满足了沿江经济发展和两岸人民的用电需求，缓解了水患灾害，其益处是显而易见的。至于说到鸭绿江的水上运输，与其说受电站的影响，倒不如说受沿江公路、铁路修筑的影响更直接更明显。1938年拉古哨电站大坝的修筑，使长白十三道沟至安东的客运航线缩短，当时只有少量客尖船运行于长白至宽甸之间，年客流量保持在6000人次左右。但水上客运的真正终止却是在1940年鸭大铁路全线通车以后。1982年，浑江市交通局在三道沟设立航运站，使中断了42年的鸭绿江客运得已

⊕ 江边烧烤

⊕ 江边游艇

恢复，但因年客流量仅有 4000 左右人次，致使航运处于亏损状态。直至目前，这种状况似乎也没有太明显的改观。历史在发展，世界在进步，对于信息时代的人们来说，时间有时比实实在在的金钱更有价值，更值得珍惜。所以，哪种交通工具更方便，更快捷，他们就选择哪种交通工具，这也是一种新的价值观的体现。

"木都"变迁

鸭绿江繁荣一时的木筏坑害了一些人，也成全了一些人。并且这些曾经铺天盖地的木筏还实实在在地造就了一座城市。鸭绿江畔的大都市丹东历史上曾被称作"木都"。从 1877 年，中国的清政府在距此不远的大东沟设立木税局，到 20 世纪初，中国内地民族资本家为修筑铁路需要大量木材来这里与当地官商共同合办木植公司，一时间，这里每年接纳的木排竟达万余张，销售出的木材达百万余株。1908 年，中日合办的鸭绿江采木公司成立，更使丹东成了规模更大的木材集散地，中国大量的木材就是从这里被日本侵略者大肆掠夺回国的。

随着木材的大量汇集，丹东的木材加工业也相继兴起。1929 年，

⊕ 排工在编木排

丹东有木器铺 40 多家，到了 1931 年，木材加工企业就猛增至 110 多家，从而使木材加工业成为 20 世纪初丹东三大支柱产业之一。

⊕ 编制木排作业

木业的兴起不仅带动了加工业，也牵动了运输业、建筑业、服务业等相关产业。每年十万多排工来到这座城市，他们不仅给历史上的丹东带来了大量木材，而且给丹东带来了大量财富，促进了城市的消费。排工们还不知不觉地给这座城市带来了独具特色的木排文化。

对于排工来说，一次放排的终点，就是下一次放排的起点。陆地短暂的休息之后，等待他们的又是水上的惊心动魄和接踵而来的寂寞。对于木材来说，放排的终点就是另一种运输的起点。今天这里的公路、铁路，当然还有空中运输和海上运输，已经都远非过去所能比拟的了。今天的人们对于路的概念已经不仅仅是过去的沙土路、柏油路。今天人们更熟悉和更憧憬的已经是高速公路、高速铁路了。

城市的铁路在提速，空运在发展。丹东已经迎来不止从一个方向伸展来的高速公路。水运、陆运、铁运、空运无疑将给丹东带来更大的繁荣。当令人惊诧的现代化运输方式不断出现在人们面前的时候，人们当然忘不了鸭绿江过去的江运，忘不了鸭绿江的流筏，忘不了那些舍生忘死的木把。有时越是原始的，越能更直接地体现出人类文化与人类精神。

淼淼繁星，荡荡轻舟。是鸭绿江造就了这一江的星舟，也是鸭绿江雕塑了这浩渺星舟的魂魄。鸭绿江已经给予人们许多，许多。但人们只要继续爱惜这条江，这条江就还会不断地给予人们更多，更多。

绵绵奉献
——边防军的故事

果然是个人才

张景磊没想到自己没能留在部队，只当了八年兵就退伍了。也没想到退伍以后还能再穿上军装，并且干的还是边防军的活儿，管的还是边防军的事儿。

从部队回到家乡，张景磊做的第一件事儿就是到县民政局安置办去报到。县人事局有军转办，民政局有退伍安置办。军转办负责安置转业到地方的部队干部，退伍安置办负责安置部队退伍的战士。不知安置办的人是火眼金睛还是张景磊表面长得有点着急，安置办的人说："你好像年龄不小了，当了几年兵？"

张景磊说："八年。"

安置办的人又问："在部队立过功吗？"

张景磊说："立过。"

安置办的人说："是三等功吗？"

张景磊说："还有一个二等功。"

安置办的人就开始仔细打量张景磊。不缺胳膊不少腿，浑身上下没有一点伤残的痕迹。好好的一个人竟然立过二等功，不容易。

"好吧，你先回去等通知。"

张景磊人回到家乡，档案还在路上。自己说是立过二等功，但是空口无凭，没见到档案，安置办轻易不会把手里的鹰撒出去。

过了几天，档案到了。张景磊接到电话又去了安置办。安置办的人明显客气了许多，问张景磊："你想去哪儿？"张景磊心想，都说这年头找工作比找对象都难，我这一没权二没钱的，自己一厢情愿想找个好工作，可是能办到吗？

后来安置办的人就说："咱们县武装部下面有民兵哨所，你想不想去？"

一听到"哨所"两个字，张景磊满脸的肌肉都活蹦乱跳起来，两眼发出兴奋的光，说："那好啊，那我不是又能穿军装了吗？"

⊕ 界碑卫士

安置办的人说的不是假话。这里是边境，对面就是异国他乡。全县边境线长几百公里，边境对面人口数十万，兵力警力，数量都相当可观。而边境的这一端，则兵力数量有限，简直就像撒芝麻盐。因此边境管控的漏洞很大，任务很重。尽管改革开放，很少有人提全民皆兵了，但中国毕竟由毛泽东等老一辈革命家打下了全民皆兵的底子，有全民皆兵的传统。于是县武装部领导就想到了建立民兵哨，用民兵哨弥补边境兵力警力管控的不足。

　　是个家，总该安把锁；是边防，就该有人看家护院。剑拔弩张的"边"要有"防"，友好的"边"也需要有"防"。内地不是还有警察吗？何况这里是边防重地呢。

　　"你要是愿意去哨所，我就介绍你去武装部。"

　　张景磊说："好。"

　　于是他就被安排去了武装部。武装部有部长，有政委。张景磊为人朴实，不会客套，见谁都开门见山，说："我刚当兵回来，听说县里有民兵哨所，现在需要人，我想去民兵哨所。"

　　武装部长有点儿惊讶，毛遂自荐，要去哨所，这人的想法倒是不错，可条件够不够啊？哨所可不是谁都能去的，于是就重复了一番类似安置办的问话。得知张景磊立过二等功，部长两眼发亮，当时就叫来车，拉上张景磊去民政局看档案。

　　不看档案不知道，一看才知晓，张景磊果然是个人才，而且是个非常难得的人才。

泪写的誓言

　　张景磊入伍前的家就在边境线上，小时候的记忆中，边防和边防军占了很大比重。上初二的那年冬天，张景磊刚端起饭碗要吃饭，突然发现有三个陌生人闯进院子，毫无顾忌地往随身带来的口袋里装玉米垛里的玉米。

　　张景磊家里有地，但不算多，收获的玉米也不多。看到父亲辛辛苦苦收获的玉

⊕ 当年农村的家

米在光天化日下被盗，张景磊当然不会漠然。尽管年龄不大，但毕竟是个男子汉。张景磊没有犹豫，拿起家里劈木柴的斧子就冲了出去。没想到还没等张景磊发挥斧头的威慑力，三个人中的两个便掏出手枪，一个顶头，一个顶胸，把张景磊给顶住了。张景磊知道这下坏了，是江对面过来的异国人，没准还是异国持枪的通缉犯。一个孩子，面对三个男人，并且对方还有枪，张景磊无奈，只好把斧子扔了，眼睁睁地看着他们一人扛了一袋子玉米走过了冰封的大江。

这件事对张景磊刺激很大，他比任何人都更深刻地感受到边防之"防"的重要性。初三毕业后，他帮助父亲种了一年地，恰好赶上边防武警部队来征兵，张景磊知道自己的机会来了，于是立刻就报了名。

张景磊身材发育得晚，报名的时候个子还没长起来，体重也不足50公斤。武装部的人说："你瘦得像猴似的，当什么兵啊？"张景磊说："我别的不想，就想当兵。"

名报上了，距离体检还有几天时间。张景磊就玩命地吃饭。身高不是一朝一夕能解决的，但体重或者可以填鸭似的填出效果。果然，张景磊如愿以偿地通过了体检。

没上高中的张景磊咋说也是个孩子。是孩子就贪玩，也有点儿淘

⊕ 攀崖训练

气。新兵训练的时候，张景磊一时兴起，就和战友在操场上搓雪球，打起了雪仗。排长发现了，就罚他们围操场跑 15 圈，还要写检查。

一圈 400 米，15 圈就是 6000 米，超过了 5 公里越野。张景磊跑到第三圈的时候就开始一边跑一边哭。倒不是因为罚跑的距离太长了，而是觉得自己被罚，给家里丢了人。张景磊很有自尊心，他用自己的眼泪发誓，在部队期间只能这样被罚一次，要是再有第二次，他的"张景磊"三个字就倒过来写。

张景磊不善表达，言语不多但却很有毅力。新兵训练结束的时候，他的成绩已经排在了前三名。离开新兵连，到了边防机动大队，当年 6 月便参加了预提班长培训，后来连续 5 年负责训练新兵，其中有一年当代理排长，一年任战术教员。

机动大队常年都搞训练，擒拿格斗属于基本功，5 公里越野一天两三遍。作为尖子，参加省总队和支队的比武竞赛，张景磊拿过 5 公里越野第三名，步枪速射第二名，还拿过全国边防系统比武个人项目高墙攀登第四名。

训练最苦的时候，张景磊心脏甚至出现过过早搏动。医院医生用药后叮嘱大队领导说："他得好好休息，可不能再这样拼命了，这样下去会出事儿的。"大队领导害怕了，就决定让张景磊退出集训。可是张景磊不干，说："请领导放心，我没事儿，我一定要参加这次比武，一定要拿名次。"领导们掂量来掂量去，觉得整个机动大队，还就是张景磊有潜力，拿名次有把握，于是便答应了张景磊。

张景磊坚持了下来，果然拿了名次。

降伏恶魔

2001 年 8 月 30 日凌晨，睡梦中的张景磊被紧急集合的哨音惊醒。原来就在这天晚上，地方公安两名干警和一名司机奉命到临近边境的一个村里排查，查到一户人家的时候，发现有一个人神色慌张，举止可疑。两名干警决定刨根问底，于是便跟进室内。没想到犯罪嫌疑人早已准备好了利刃。第一个干警刚一迈进室内，便被嫌疑人迎头抱住，一刀抹了脖子。第二个干警随后跟进，竟被连刺七刀，刀刀刺中心脏。

犯罪嫌疑人身手敏捷，刀法熟练，杀人不眨眼，非同一般。

十万火急！整个地区的部队、武警、公安、森林警察、民兵预备役，得到命令，全部出动。田园、山林、路口，所有地方都森严布控，开始拉网式搜索。

从凌晨开始，一直搜索到下午两三点钟，有人报告在一个名叫水曲柳沟的地方，发现了犯罪嫌疑人的踪迹。边防武警部队奉命迅速包抄过去。

张景磊与班长李兆林是一个组，负责沿铁路进行搜索。搜到下午三四点钟的时候，远处传来公安示警的枪声，张景磊和班长循声看去，发现有一个人兔子一般飞快地在山下水稻田里跑，张景磊凭自己的目测经验，估计自己与犯罪嫌疑人的直线距离有八九百米。

指导员下令：追。

张景磊紧跟班长，猎豹一般朝稻田的方向追过去。

张景磊在追，公安干警们也在追，其他部队的武警战士们也在追。

水稻田的西侧有一条江，江坝再往上是一座山，下了山又是一条江，不过这条江是界江，过了界江就是异国了。

绝不能让犯罪嫌疑人过了界江。

警车疾驰，警笛嘶鸣。张景磊看到远处江堤上已经有了武装人员把守，犯罪嫌疑人穿越国界的道路已经被封堵。不过，这是一个亡命之徒。张景磊看见他持刀冲上了江堤，这时张景磊和班长与犯罪嫌疑人的距离已经缩短到 200 米。

犯罪嫌疑人紧接着越上了山坡，山坡上面有农田。张景磊和班长没带枪械，利手利脚，跑得很快，远远超过了其他追赶的武警官兵。两个人与犯罪嫌疑人的距离越来越近。最近的时候，张景磊与犯罪嫌疑人之间的距离只有三四十米。

眼看犯罪嫌疑人钻进了一片玉米地。张景磊和班长脚跟脚也冲进玉米地。玉米已经长得有一人多高了。进入玉米地，张景磊看不到班长，班长也看不到张景磊。张景磊走直线，没想到班长开始是向西，后来又向北拐了一下。等他发现自己跑错方向再返回身的时候，他和班长已经拉开了100多米远的距离。

张景磊赶紧调转方向，接着追。追到另一片玉米地的时候，张景磊听到里面有窸窸索索的声音，是人与玉米秸秆的摩擦声，也有人的喘息声，还有搏斗的声音。

没错，一定是班长在里面，他正在与犯罪嫌疑人展开搏斗。

张景磊赶紧钻了进去，眼前的一幕几乎把张景磊惊呆了。

犯罪嫌疑人已经把手中的尖刀刺进了班长心口的部位。班长两手抓着刀，看样是想把刀夺下来。犯罪嫌疑人顺势用力一拧，把刀拔了出来，班长一下子就坐地上了。

张景磊知道这下坏了，班长的伤势不会轻。班长是边防武警部队的班长，边防武警部队都是学过擒拿格斗的，都有两下子。这家伙能如此利落地把班长刺倒，不是经过特种训练，这是绝对办不到的。

一定是受过特种训练。说不定这家伙杀过多少人才从江对面跑过来。如今困兽犹斗，绝对是一个穷凶极恶的恶魔。

张景磊看得很清楚，犯罪嫌疑人脸上淌着血，上身没穿衣服，手握滴血的尖刀，两眼凶狠很地冒着狰狞的光。张景磊心想，不管你是啥人，受过啥训练，今天你遇上我，你就别想跑掉，我豁出命也要制服你。我必须给班长报仇。

⊕ 功夫了得

两人面对面，僵持了几秒钟。张景磊想的是跟他决斗，没想到犯罪嫌疑人不想决斗，他突然转过身，又飞跑起来。

张景磊抄了一个近道，斜插过去，眼看两个人的距离越来越近，张景磊拿出自己的看家本领，突然加速，一下子冲到犯罪嫌疑人的背后，迅速挥动警棍，朝犯罪嫌疑人的颈部狠狠击打了一下。

击中了，犯罪嫌疑人被击中了。

犯罪嫌疑人趔趄了几步，转过身，刚要抬起右胳膊挥刀的时候，张景磊扔掉警棍，老虎扑食一般一跃而起，冲上去，左手卡住犯罪嫌疑人的脖子，右手又狠狠砍了一下他的颈部。

连续对颈部的击打，使得犯罪嫌疑人头昏眼花，手中的尖刀无力地脱落了。张景磊又连击两下，把犯罪嫌疑人彻底打昏厥，然后解下腰带，把犯罪嫌疑人捆了起来。

后面有两名武警战士跟上来。张景磊分别对两名武警战士说："你赶紧扶班长下山；你过来，咱俩把他捆结实。"

一名战士扶班长下山，一名战士帮张景磊又把犯罪嫌疑人捆了一下。犯罪嫌疑人苏醒过来，这时公安干警们也赶到了。

恶魔被捆绑，并且戴上了手铐，再也疯狂不起来了。大家七手八脚，把犯罪嫌疑人押下了山。

完成任务回到连队，噩耗传来：班长伤势过重，抢救无效，牺牲了。

或许正是从这一刻开始，张景磊才真正理解了"战士"的全部内涵。

张景磊立了二等功，后来还被武警边防部队评为优秀共产党员。

是哨所，也是学校

这样的功臣，这样能征惯战的士兵，全县没有几个，打着灯笼都难找。武装部长、政委都高兴极了。部长说："好，就这么定了，你今天就去民兵哨所。"

张景磊说："我用不用回去拿背包？"

部长说："不用，哨所都有现成的。过两天我们组织考核，你要是通过了，我们就任命你当哨所的哨长。"

张景磊后来才知道，这哨所的哨长虽然官儿不大，但门槛却不低。在他之前，当哨长的竟然是镇武装部长。张景磊退伍没几天，不但又重新穿上了军装，而且还接替镇武装部长，当上了哨长。了得！

民兵哨不同于部队的边防哨所。部队边防哨所除了干部就是清一色的士兵。民兵哨的士兵虽然名称叫"民兵"，但有的是像张景磊这样从部队退伍回乡的战士，他们既是民兵，又是预提专武干部；还有的是地方的民兵连长，再有就是在哨所锻炼准备入伍当兵的苗子，也就是地方小青年。

小小哨所，既是边防的眼睛和耳目，又是一所培养地方专

⊕ 张景磊集合队伍

武干部和预备入伍青年的学校。"铁打的哨所流水的兵"在张景磊所在的民兵哨所，表现得比任何地方都更加明显。

张景磊是哨长，也是"校长"。一天，县武装部打来电话，说是要给张景磊送个新兵，名字叫黄华，让张景磊好好给带一带。放下电话，过了没一会儿，黄华就到了。张景磊见小伙长得一表人才，蛮精神，帅呆了。身上的穿戴更是非同一般，除了名牌还是名牌。

陪同来的一男一女，张景磊开始以为是黄华的父母，一问才知道，不是黄华的父母，而是黄华的叔叔和婶婶。

原来黄华是单亲家庭，有母亲，还有一个姐姐。母亲和姐姐都在深圳打拼，买卖做得不错，不差钱。黄华来哨所前也在深圳云游了一段时间。母亲觉得深圳的花花草草太过泛滥，担心黄华时间长了成了花前柳下的浪荡公子，不走正道。于是就让他回到边城老家，先找人好好管一管，带一带，然后送他去当兵。

张景磊看黄华脚下的鞋很不一般，就顺便问了一句："你这鞋不错，得几百块吧？"

"不多，不到两千。"

好家伙！不到两千！超过了当地一个人的月工资。这哪是民兵啊，这是来了一个阔少。

果然，训练，黄华说太累。出勤，黄华也说太累。张景磊找黄华谈话，说："咱哨所就是这样，有任务，有责任。平时不好好训练，没有一个好身体，没有一身好功夫，将来遇上坏人，你咋对付他呀？再说，你想当兵，就得好好学。你看看咱哨所的人，哪个没有点长处，哪个没有一些阅历？你在这儿跟大伙学好了，将来到部队，很快就会成为一个好苗子。"

黄华说："我也没想去部队啊。"

张景磊有点迷糊了，说："你叔叔、婶婶送你来的时候，不是说想让你在这儿锻炼锻炼，年底送你去当兵吗？不想当兵，你来这儿干啥？"

黄华说："哨长，我跟你说实话吧，我到这儿来，是我妈的主意，我又犟不过她，没办法。其实我到这儿来，就是想哄哄我妈，让她先高兴高兴。以后等我妈这个劲儿过去，我再想法找个理由，离开这儿。我还是想去深圳，那地方多好啊。"

接连谈了几次心，没有效果。也难怪，人家压根就没想在哨所干，来哨所只是一个缓兵之计。

哨所民兵穿的是特制的军装，穿上军装在外人眼里就是一名军人。心不在焉，人在曹营心在汉，军人不像军人，这哪儿行啊？

张景磊思来想去，决定还是给黄华母亲打个电话，把情况一五一十告诉黄华母亲，让她下决心，也让她帮助黄华下决心。何去何从，必须得有个准谱。不然这兵可咋带啊！

黄华母亲接到张景磊打来的电话，立刻就慌了。说："你等等，最好先别把这个情况向上级报告，等等我。我把这边的事儿安排安排，马上就赶回去。"

一个星期以后，黄华的母亲从深圳赶回来了，黄华的姐姐也赶回来了。不但人赶回来了，还烟啊酒啊水果啊，大包小包地带了一大堆。张景磊说："我给你打电话，不是让你带这些礼品，我是想让你帮助我们做做黄华的工作，让他下决心在哨所好好干。我怕这样三心二意的，长此以往，耽误了孩子。这样我就对不住你们了。"

黄华母亲说："我这次回来，就是想跟孩子说清楚，让他打消再回深圳的念头，必须在哨所好好干，不能三心二意。"

母亲、姐姐千里迢迢跑回来，铁了心地让黄华留在哨所好好干，黄华知道自己回深圳的路这下是被彻底堵死了。眼下自己是干也得干，不干也得干。这可咋整？只能干一天算一天了。

⊕ 助民劳动

哨所附近有一位聋哑人，五十多岁，家里有四五亩地，种菜，有时也种些玉米、大豆。张景磊开始看聋哑人整天一个人，没见有孩子，也没见有老伴。张景磊心地善良，看谁可怜就想帮一把，所以就主动过去跟聋哑人比比画画地搭话。开始聋哑人还挺戒备张景磊，一来二去接触多了，知道张景磊是哨长，更是个很热心的人，于是便敞开了心扉。告诉张景磊，自己身边没有亲人，整天一个人与影相随，很孤独。认识了张景磊，总算有了一个能倾诉交流的对象。

聋哑人上过几年学，会写字，年轻的时候也曾经当过兵，也是武警。回到家乡后，不知怎么就得了一场说不清道不明的大病，好好的人就变得又聋又哑了。张景磊的到来，给他带来了福音。他隔三差五就拿个笔和本，到哨所来找张景磊"笔聊"。赶上聋哑人家里有事儿或是农活儿忙，张景磊便主动过去帮助干些田里的农活儿或是家里的零活儿。

后来张景磊就有意带黄华去聋哑人家，帮助聋哑人干活，打扫打扫卫生，拾掇拾掇菜园。给庄稼地锄锄草，施施肥。黄华挺好奇，就问张景磊："这人是咋回事儿？"张景磊就说："你别看他现在挺可怜的样子，他过去也当过兵，也是个很不错的人。可人有旦夕祸福。谁能想到，一场突如其来的大病，就把他弄成了这样。你现在年纪轻轻，利手利脚，啥毛病也没有，母亲和姐姐还都有钱，你不愁吃不愁穿。可这能是长久之计吗？你一个男子汉，能总是让母亲和姐姐养活吗？你母亲和姐姐挣点儿钱容易吗？人无远虑，必有近忧。趁自己年轻，就得好好学些本事，好好争取做一番事业，有一番成就，有一个比较好的社会圈子，这样你才能在社会上立住脚，也才能有属于自己的生活。"

经过张景磊变着法的开导，黄华破天荒的第一次陷入了沉思。

张景磊注意观察，发现黄华开始换上了部队的黄胶鞋，两千元的高档鞋也不穿了，好吃好喝的也不买了，花钱也不大手大脚了。有一次，他还买了一些香肠、点心，不声不响地给聋哑人送去。张景磊心想，这孩子别看有时表面花里胡哨，其实内心还挺善良，心眼挺好。

这以后，黄华不用张景磊主动做工作，自己一有机会就往张景磊身边凑，问张景磊部队是咋回事儿，咋训练，咋执勤，咋生活。张景磊就给黄华讲了很多关于部队生活的故事，这样三讲两讲，就把黄华讲动心了。后来他表现得一天比一天积极，身体素质上来了，训练成绩也上来了。到了年底征兵，黄华果断报名，顺利地去了部队。到部队后，几乎每周都要给张景磊打电话，跟张景磊说："我以为部队训练管理咋严呢，当了兵才知道，原来部队还没有我们哨所抓得紧管得严呢。"

当了两年兵，回到家乡，黄华第一件事就是报考专武干事。全县一百多人报名，考理论，考相关政策法规，考体能，考电脑操作，如此等等，最后一关是面试。黄华一路斩关夺隘，考取了全县第一名。

这一次，连张景磊都惊呆了。

"边"就离不开"防"

边防是"边"，是"边"就离不开"防"。张景磊"防"的故事，自己能讲出一大串，别人也能讲出一大串。

人说猫走不走直线，完全取决于老鼠。老鼠惯于夜间活动，所以张景磊带的民兵哨所每天都坚持夜间巡逻，而且夜间巡逻还不止一次。

巡逻路上，什么人都能遇到，什么事儿都能遇到。有时有人会故意调皮，谎报军情。但更多的时候，"军情"并非谎报。

那是一个夜晚，张景磊在巡逻路上遇到一位当地老乡，老乡说："山后面有一个人，不像是本地的，很可能是偷渡过来的。"张景磊说："好。我们过去看看。"

于是他便带了四个民兵，一行五个人，黑灯瞎火地沿路往山后面走。走着走着，果然发现路上有一个陌生人。张景磊用手电晃了一下，不面熟，很面生。

陌生人虽然看不出明显的慌张，但步伐敏捷，很快便与张景磊擦肩而过。张景磊命令队伍停下来，然后让陌生人站住。五个人全部进入戒备状态。张景磊朝陌生人走过去，问："你是谁，去哪儿？"

对方不说话。张景磊又问："这么晚了，吃饭了吗？"

还是不说话。

张景磊知道，这人不是哑巴，他不说话很可能是因为不会汉语，他不但不是本地人，还很有可能正像刚才地方老乡举报的，是偷渡过来的异国人。

张景磊马上退了一步，把手电光射向陌生人的裤角，发现裤脚是

⊕ 修复边境铁丝网

湿的，脚上的鞋也比较小。这是对面异国特有的一种小鞋。

没错，是偷渡过境的嫌疑人。张景磊往前跨了一步，把手搭在陌生人的肩膀上，又问了一句："天这么晚了，你去哪儿啊？"

陌生人马上机警地抓张景磊的手，想把张景磊的手从自己的肩膀上扒下来。他哪里知道，张景磊是受过边防武警训练的，功夫相当了得。手劲传到张景磊的胳膊上，张景磊就顺着陌生人的手劲，一下子把他按倒了。

带回哨所，交有关部门一审，果然是个偷渡国境、企图盗窃不成便抢劫的家伙。因为不小心被人发现，想重新换个隐蔽的地方，没想到黑灯瞎火的反而撞到了边防巡逻队员的枪口上，让张景磊抓了个正着。

还有一次是一个女人来报警，说自己邻居家里有点儿不对劲。

"咋不对劲儿呢？"

女人说："他家孩子一个劲儿地哭，不像是挨了大人打，倒像是受到了惊吓。"

"他家都有什么人？"张景磊问。

"一个老头，一个老太太，再就是孩子。"

"孩子以前哭过吗？"

"很少哭。就是哭也就一阵，而且能听到大人说话。"

"这次大人没说话？"

"屋里有动静，但没听到大人说话。"

孩子哭，大人不说话，说明大人被什么人控制了。情况的确异常。张景磊立即下令，马上出发。

到了出事人家的家门口，张景磊听了听，果然里面有孩子哭。再仔细听听，有人说话，不是中国话，而是异国腔调。张景磊命令大家不要动，先控制住门窗要点。然后他压低嗓音，联系上了驻地边防部队，说："我们这里有情况，你们赶快派几个人过来。"然后告诉了具体地点。

部队动作很快，两三分钟，排长便带着七八个武装士兵赶到了。

张景磊说："听动静他们过来的不止一个人，应该有两三个，我们必须十分小心，别伤了老人和孩子。"

部队排长很有经验，当机立断：由张景磊带两名民兵堵住正门，排长带两名战士从卫生间的窗户跳进去，其余的人封堵民房四周，防止越境嫌疑人跳窗逃跑。

部署停当，排长带两名战士打开民房卫生间的窗户，越窗而入。房屋里面越境的果然不止一个，而是三个。他们捆绑了老头和孩子，留下一个老太太，然后拿刀和斧子比比画画，逼着老太太去给他们做饭。没想到被邻居听到动静，报了案。

排长带战士控制了外屋，准备破门而入。里面的三个人知道不妙，便打开里屋的窗户，企图跳窗逃跑，没想到刚跳出来，就被在窗户左右设伏的战士和民兵牢牢逮住，一个个成了瓮中之鳖。

狐狸再狡猾，也斗不过好猎手。真正的好猎手，哪怕狍子支楞一下耳朵，都能立刻发现。这其中的奥妙不仅靠眼力，更要靠积累，靠经验。张景磊带领民兵守边，很注意日积月累，形成了猎手一般丰富的经验。

冬天夜里外出巡逻，突然发现有一家的烟囱不断冒出袅袅炊烟。又见炊烟升起，夜色满大地。换一个人，可能会把炊烟当作风景来欣赏。但张景磊不同。张景磊知道，这一方的百姓，冬季有

⊕ 严密监视

114

猫冬习惯，每天太阳下山前，就早早把晚饭做好了，把炕烧热了，绝不可能半夜三更烧火做饭。半夜三更烧火做饭，一定是有外人来了，而且这个外人十有八九不是中国人。

"有情况！走，过去看看。"

张景磊带领巡逻民兵走过去，仔细一听，屋里果然有异常动静。

"你们四个过去控制住窗口和院墙，我们几个负责守住大门。"张景磊一边部署兵力，一边通知边防部队。

"我们这里有情况，请马上派人过来。"

部队战士赶到，敲开房门，里面果然有偷渡嫌疑人，他们正在以武力强迫当地居民给他们做饭。计划吃饱了饭，抢些值钱的东西，再偷渡返回。没想到遇上火眼金睛的张景磊，他们饭没吃饱，东西没抢成，反而还陷入罗网。

百姓的守护神

张景磊带的边防民兵哨，很快成了这一方百姓的守护神。一桩桩人祸得以避免，一次次天灾也屡被征服。

2010 年夏天，驻地发生了几十年不遇的一场大洪水。哨所接到命令：二十道沟有几户百姓住在小水库的堤坝边，情况危急，必须马上前往救援。

张景磊留下两个人值班，自己带上其余的人一路奔跑，赶到救援地点。

风很大，雨也很大。眼看河边的一户人家院子里已经灌满了水。张景磊带人冲进院子，拉开房门，见屋子里有老人，也有孩子。张景磊说："大爷，不好了。山洪马上就要下来了，我们是奉上级命令，来帮助你们搬东西和撤离的。"

老人说："没事儿，用不着。等一会儿雨停了，水就下去了。"

张景磊说："不行啊，这次雨大，再不撤离，就有危险了。"

老人还是摇头摆手："不用，不用。我活这么大岁数，啥没经历过？没事儿。"

咋说也不行。张景磊没办法，只好说："大爷，上级有命令，时间不等人。我们必须赶在洪水到来前，把您和孩子转移到安全的地方，把您家里怕淹的东西提前搬出来。"

说完便下令，先转移老人和孩子，然后转移物品。

人转移了，价值数万元的药材、松籽、榛子等物品也转移了，紧接着，山洪便下来了。

洪水瞬间就漫过窗户，逼近屋顶。老人倒吸了一口冷气，说："多亏你们该出手时就出手，要不我这条老命交待了不说，还得搭上孩子。"

更惊险的救援还在后面。

那是十九道沟。有一对老夫妇已经被洪水困住。张景磊接到命令带人赶过去的时候，平日潺潺流水、诗情画意的小河沟，此时摇身一变，

⊕ 冬季巡逻路常被大雪覆盖

如野兽一般，龇牙咧嘴，轰隆隆咆哮，声震山谷。

两位老人被困在屋子里。房屋随时有被洪水冲塌的可能。张景磊的喊叫声刚一出口，就被咆哮的洪水声淹没了。

必须想办法越过激流，靠近房屋。

这是山谷，九曲十八弯的河流，在谷底岩石的挟持下，变得忽而宽，忽而窄。越是窄的地方，水越深，水的流速也越快，看上去越凶险。

张景磊知道，河流窄的地方，自己努努力，或许勉强能够跳过去。可一旦跳不过去，落入水里，那瞬间就会被洪水卷走。

水流如狼似虎，实在太湍急了。

除了冒死一搏，再没有其他办法。

风还在刮，雨还在下。张景磊向后退了几步，然后开始助跑。临近鬼门关一般湍急的河谷，张景磊借着跑动的惯性奋力一跃。

只听两耳轰隆隆一声巨响，紧接着是脚踝一阵剧痛。

张景磊越过了河谷，但是脚踝受伤了。

张景磊顾不上脚踝的疼痛，赶紧朝老人住的房屋跑过去。更凶猛的洪水冲下来，再次挡住了张景磊的去路。好在张景磊这时距离老人的房屋很近了。张景磊放大嗓门喊叫，老人能听到了。

"大爷，大娘，赶快出来，不然房子会塌的。快出来！"

两位老人听到喊声，知道有人来救援，于是就从屋子里走出来，想投奔张景磊。

张景磊赶紧顶着大雨喊："别过来，别过来，这边危险。赶快离洪水远点，往山坡上去。"

老人明白了，赶紧掉头，往山坡的高处移动。

"好，就在那儿，别动。等一会儿我们就救你们下来。"

就这样，张景磊与洪水对峙了将近两个小时。雨停了，洪峰过去了。张景磊赶紧过去把两位老人接了下来。

位卑者的追求

张景磊是个老实人，工作上追求繁花似锦，自己的日子却平淡得像不显山不露水的小草。满三十岁才经人介绍，处了一个对象，不是美女，也没有固定工作。大半年以后，两人决定结婚，日子定好了，赶上奥运会，上级决定由张景磊所带哨所的民兵负责当地民兵武器库的安全保卫。

军人以服从命令为天职。民兵虽不是正式军人，但也有个"兵"字，也要服从命令。张景磊就把结婚的日子往后推了三个月，直到奥运安保结束。

婚后蜜月的"洞房"也不像"洞房"，因为张景磊的心依旧在哨所。后来爱人生孩子，"1、2、3"数到第3天的时候，张景磊拍拍屁股就参加轮训去了，爱人的月子是岳母伺候的。爱人有意见，发牢骚说："张景磊，你现在也不当兵了，平时不着家，周末也不着家。从打结婚，这个家就是你的旅店，哨所才一直都是你的家。"

尤其是赶上逢年过节，别人都阖家团聚，唯有张景磊和他的民兵们，越是逢年过节，越是任务缠身。在部队的时候不能和父母过大年，到哨所以后还是不能与父母过大年。父母说："你现在离这么近，也不当兵了，咋还不回来过个年？"张景磊说："别人过年，我们战备。等过了大年初三，我再回去不也一样吗？"

哨所搞轮训，任务刚完成，张景磊的脚脖子又崴了。张景磊跟县武装部长请假，说要回趟家。部长给了假，张景磊就给父亲打电话，说："明天我回家，爸你想吃什么？"父亲说："想吃猪头肉。"

张景磊心想，市场上卖的猪肉，谁知是用啥饲料喂出来的？不行。明天我得专门跑一趟山村，买点农家喂养的猪头肉，给父亲捎回去。

没想到农家的猪头肉还没来得及买，傍晚母亲便打来电话，说："你赶紧回来吧！你爸心脏病犯了。"

张景磊一惊，赶紧问："严不严重？"

母亲没回答，只说："你赶快回来吧！"

张景磊不能怠慢，放下电话就跑到路边去等长途公交车，等了一个多小时，也没见公交车的影子。张景磊急得火冒三丈，没办法，只好给朋友打电话，让朋友从县里开车来接。

一路上，张景磊越想越感到事情不妙。

母亲不止一次地打过这样的电话。在部队的时候，也是母亲打电话，问："你现在干什么呢？忙吗？"

张景磊说："我在省里参加比武竞赛，挺紧张的。"

母亲听说比武，就说："那没什么事儿了，你先忙吧。"

张景磊说："家里没啥事儿吧？"

母亲说："没事儿。"

电话挂了。张景磊过后想想，觉得不太对劲，于是又给哥

⊕ 雪国忠诚

119

哥打电话，说："刚才妈给我来电话，是不是家里有啥事儿啊？"

哥说："没事儿。"

都说没事儿，后来张景磊才知道，就在自己参加全省武警部队比武期间，爷爷、奶奶两位老人全都去世了。张景磊非常伤心。他从小就得到爷爷、奶奶的疼爱。父母亲身体不好，家里生活非常困难。张景磊读初中的时候，一有时间就去卖大蒜，靠卖大蒜交学费。爷爷、奶奶知道张景磊在家吃顿肉都相当于是在过年，所以每次炖肉，都要把张景磊叫过去，蒸馒头也是，也要把张景磊叫过去。爷爷奶奶疼爱张景磊，张景磊也思念爷爷奶奶。爷爷奶奶病故，张景磊没能赶上去送终，没能与爷爷奶奶见上最后一面，张景磊觉得很过意不去。后来他在爷爷奶奶的坟前待了很长时间，哭得一塌糊涂。

没想到，这次却是父亲。

张景磊赶到家的时候，父亲已经离世，父子已经是阴阳两隔了。其实，母亲给张景磊打电话的时候，父亲已经不行了。

父亲年龄不大，才 63 岁。

这一次，张景磊还是只能以泪洗面。

张景磊获得的荣誉证书能装一手提箱，立过二等功、三等功，获得过武警边防部队"优秀共产党员"荣誉称号。但他真正的荣誉不是体现在军功章上，也不是体现在荣誉证书上，而是镌刻在边防的土地上，镌刻在边防军民火热的脉动中。

烁烁明珠
——鸭绿江的故事

长白风情

外地人都是慕名到鸭绿江的，可第一眼见到的往往并不是鸭绿江，而是鸭绿江边的城市。

鸭绿江养育了许多城市，这些城市就像一串珍珠，被鸭绿江银链一般串连得一江闪烁，八方晶莹。

长白镇，中国吉林长白朝鲜族自治县政府所在地，是鸭绿江上游中国一侧最大的一个城镇。它的对面是朝鲜两江道惠山市。

长白人说，在长白看月亮，看星星，都觉得比外地近。这也难怪，长白镇海拔在 700—1000 米之间，地势高，当然看月亮和星星就感觉近了。

长白周围各山系均属长白山系。境内最高峰为望天鹅峰，海拔 2051.4 米。虽然比不得喜马拉雅山的珠穆朗玛峰，但在中国东北，也算是比较高的山峰了。

长白有人类活动的历史大约可以追溯到新石器时代晚期。建于1200多年前的唐代灵光塔，据考证其工程之浩大，没有万人以上的工人数量是很难完成的。由此可以推断，历史上这里的人烟并不稀少。

长白少有人烟始于1677年。当时中国清朝的康熙大帝把长白山看成是兴邦建业的祖基发祥地，于是加以封禁，昔人当然不可能都神仙般地乘黄鹤去，但此地一度曾空留灵光塔似乎是真实的。

空悠悠的白云并没能持续千载。百余年之后，就有流民不断偷偷进入皇家禁地私自垦荒、狩猎。鸭绿江对岸的朝鲜族人也有越江或朝耕暮归，或春来秋去者。到了1875年，清政府只好解除了禁令，实行开发边疆的政策。到了1908年，当时的设治委员张凤台更是出示布告，广招移民。于是，鸭绿江下游陆续就有人携儿带女，逆江而上，来到这龙兴之地。

由于地理和历史等多方面的原因，这里的朝鲜族外侨最高曾占到总人口的81.5%。朝鲜族人来这里定居，有的是因为看好了这里的物产，有的是由于对岸家乡遭受了自然灾害。

历史上，久居这里的朝鲜族人曾一直被当作外侨。朝鲜族人真正成为中华民族大家庭的一员是在新中国成立以后。1950年11月和1953年8月，当时中国东北人民政府公安部和中共中央东北局曾先后两次下发规定，划分中国的朝鲜族和朝鲜侨民的界限，对符合规定条件的，一律视作中

⊕ 朝鲜民族舞蹈

国朝鲜族。据统计，自清末至中华人民共和国成立，长白境内共有42924名朝鲜族人加入中国国籍。一个包括朝鲜族在内的多民族长白就这样生机勃勃地出现在鸭绿江上游。

从外面来到长白的游客旅人，随处可以在这里领略到浓郁的朝鲜族风情。商店、市场，从衣帽鞋袜到鱼虾肉菜，都有与汉族聚居区所不同的品种特色。酒店、餐馆，朝鲜风味更是让一些人咂舌称赞。更引人注目的是街上的牌匾，不仅有汉文，更有朝鲜文，甚至政府文件也采用汉文、朝鲜文两种文字。

当然更使人难忘的是朝鲜民族翩翩舞姿。能歌善舞的朝鲜族人每有聚会就必有歌舞。不管男女老幼，兴致上来，人人都能手之舞之，足之蹈之。长白是离天三尺三的高山之城，也是祥和升平的歌舞之城。

林海白山

白山市，据记载早在新石器时代这里就有人类活动，公元前222年，此地属辽东外徼。

西汉初属幽州刺史部辽东郡，东汉及三国初属高句丽。244年，魏幽州刺史毌丘俭讨高句丽，本地复属玄菟郡。晋为高句丽地。343年，本地属燕。370年前秦灭前燕，本地归前秦。404年高句丽复侵辽东，本地归高句丽。南北朝及唐初属高句丽。668年唐灭高丽，本地属安东都护府哥勿州都护府。713年本地属渤海国。926年，辽灭渤海，改建东丹国。其后，渤海移民以今白山市为中心，建立定安国。辽属东京道。金为东京路婆娑府地。元属辽阳行中书省沈阳路辖地。明属奴儿干都司建州卫。1591年为努尔哈赤所并。清初属吉林副都统辖区。1902年清政府依盛京将军增祺、奉天府尹玉恒奏请，划通化县东部地方设治猫耳山，置县名临江，属吉林副都统辖区兴京

⊕ 长白林海

厅。1907年，废除将军制，东北实行行省制，本地属奉天省。中华人民共和国成立后，于1959年改为浑江市，1994年改为白山市。这是鸭绿江上游中国一侧的第一个地市级城市。

白山市素以"立体资源宝库"著称。因为森林资源丰富，所以有人称这里为"长白林海"，也有人称这里为"人参之乡"。全市有林地面积1967万亩，森林覆盖率达77%，活立木蓄积量达19721万立方米，占中国吉林省全省的三分之一，人均森林蓄积量167立方米，相当于中国人均森林蓄积量的18.6倍。

白山地区曾是中国唐朝和唐朝统治下地处东北的渤海国经济文化交流的主要通道。白山的前身临江曾是渤海国五京之一的西京鸭绿府治所，系渤海通向长安"朝贡道"上的水陆交通枢纽。唐代经济文化通过这里输入到黑龙江下游和乌苏里江东西各地，对中国古代东北经济文化的发展也起到了重要的促进作用。渤海的名马、貂皮、人参、麝香等名贵特产也都经由这里送往长安。辽灭渤海以后，渤海遗民以临江地区为中心，建立起安定国，联宋抗辽，这场斗争一直坚持了20余年。后来辽在临江设渌州，驻鸭绿军节度，这里因此而成为当时著名的军事重镇。清朝封禁长白山的时候，在临江设"卡伦"，也就是哨所，派兵驻守，禁止人们进山采药、伐木、狩猎等，先后历时200余年。

白山地区最明显的特点是商业发达。有人开玩笑说，白山地区山崖上掉下一块石头，六个人受了伤，其中有五个是做买卖的。这似乎有点儿玄。不过白山地区经商的比例高确是事实。据说1921年前后，这里平均每6户人家中，就有1户经商。1899年，临江全境人口1500户，经商的竟达到了200多户。

经商人口多显然与白山所处的地理位置有关。因为这里是水陆交通要道，尤其是鸭绿江畔的一个重要港口。历史上数不清的江船通过鸭绿江往来于临江与安东之间，商人们将毛皮、人参、虎骨等名贵特产运出临江，再将外地产的布匹、粮食、油盐等运入临江。临江设县以后，这里更成了方圆几百里粮油、农副产品、土特产及日用杂货的主要集散地。

白山还是一座移民城市。清王朝200余年的封禁，使原有的土著人全部被驱逐而了无踪迹。富饶的物产吸引一些为谋生而不得已的人陆续流入。早期来这里的多为中国山东、河北、辽宁的闯关者。山东人豪爽耿直，大多磕头结拜，当了木把。一些脑筋较活的河北人则选择经商，在这里做起了买卖。再以后，政府也曾有计划地向这里移民，于是这里就形成了一个以移民为主体的北方都市。

早年的小商小贩，或手持拨浪鼓，沿街叫卖，人们称他们为"货郎"；或摆地摊，设店铺，成了坐商。货郎走街串巷，离不开拨浪鼓。坐商招揽客人靠的是各种各样的幌。卖酒的有

⊕ 长白风光

酒幌，卖煎饼的有煎饼幌，卖馒头的有馒头幌，卖豆腐的有豆腐幌，自然还有药铺幌、理发幌、浴池幌、旅店幌等等。由于每种幌都独具匠心，所以人看了便一目了然。据统计，1945年临江解放后，全境就有个体商贩1000余家。以后，由于历史原因，商家数量有所起伏。到了20世纪80年代后期，个体商户很快由2000余家增加到6000余家。如今，这里的个体商家似乎已呈现出燎原之势。并且知识经济时代商家的面貌已远非昔日迎风挂幌的店铺所能比拟。这些具有超凡脱俗的豪华装饰，这不亚于海外的现代气派，处处耀眼闪烁的五彩霓虹，似乎在告诉人们：这是鸭绿江畔一个充满朝气的城市，一个充满希望的城市。

背靠巍巍青山，面对滔滔绿水，这里的人们提出了文化富市的主张。当然这不仅仅是一个简单的提法，更是一种胸怀，是一座城市的胸怀。鸭绿江中上游的这座城市胸怀是博大的。了解这座城市历史的人当然懂得，这种博大不仅源于今天，而且也源于昨天，并且还将源于明天。这是一个兼收并蓄的移民城市永远的博大。

遗迹宝库

鸭绿江中游的集安是一座古城。集安人说他们这里的姑娘长得漂亮。外来人到集安也发现这里的姑娘个顶个的花容月貌。其实不仅是姑娘，这里的小伙也相当有模样。并且漂亮也不仅仅属于集安，整个鸭绿江沿岸的姑娘、小伙都给人以悦目之感。这与他们祖祖辈辈喝鸭绿江水长大有关。有人说：鸭绿江水美，养育的人更美。鸭绿江边的人说，他们这里有相当数量的姑娘被招聘进了中国北京的钓鱼台国宾馆或是人民大会堂。他们显然对此感到荣耀。

但集安更令世人嘱目的是这里星罗棋布般密集的文物古迹。

集安最早有人类活动大约是在3000年以前。中国的战国时期，这里属于燕。汉武帝元封三年（公元前108年），这里曾设高句丽县。

以后高句丽在这一带不断发展，几兴几亡，所以这一带遗留下来的古迹以高句丽时期的最为丰富。

关于高句丽的起源，国内外的专家学者都曾有过广泛深入的考古研究。有人认为高句丽起源于夫余，也有人认为高句丽起源于貊人或秽貊。秽貊的前身有人认为是北发。北发是中国东北地区的古老民族，曾与山戎、肃慎等少数民族共存于中国东北。秽人与貊人不是一个民族，而是两个民族。貊人曾建立过"貊国"，后来被燕人所灭，于是一部分人逃入夫余山，改名为夫余。还有人认为夫余是肃慎的后代，与后来的女真等同属通古斯族，所以高句丽也是肃慎人的后代，与后来成为中国满族的女真是同一族属。

其实，不管是高句丽，还是肃慎，还是女真，还是北发，还是夫余，还是秽貊，他们都是中国古代北方的土著民族，是多民族的中国大家庭的一员。

集安诸多高句丽古迹中，最令人嘱目的是位于城区东北四公里处坡地上的"好太王碑"。这座儿子为父亲以天然角砾凝灰岩石柱凿就的，高6.39米的石碑，因为上面刻有纪念好太王功绩及高句丽历史的碑文，具有任何典籍无可替代的研究价

⊕ 集安有大量古墓

值，因而受到古今中外专家学者的广泛关注。

与中国历史上许多著名石碑境遇不同的是：这座高句丽 19 代王的墓碑于 414 年树立后，在 1460 多年的经历中，一度曾被鸭绿江右岸茂密的林木遮蔽，直至清王朝对长白山开禁之后，人们在斩山伐木时才偶然发现并使其重见天日。碑上 1775 字的"大抵是东晋的隶书"的碑文吸引了数不清的历史学家，也吸引了数不清的金石家和书法家。为了取得清晰碑文的拓本，石碑曾遭受了一次清除苔藓的火焚。1961年以后，中国有关文物管理部门经调查、观测，对好太王碑早年火焚、风化造成的裂隙和酥解部分采取了化学药物粘接处理。如今，好太王碑已经成为鸭绿江右岸的一道重要景观。

有太王碑自然就有太王陵。太王陵南距鸭绿江 2 公里，因昔日有人在墓上残瓦中发现刻有"愿太王陵安如山固如岳"字样的铭文砖，故认定并名之以"太王陵"。

比太王陵更有影响的是"将军坟"。将军坟属于典型的方坛阶梯石室墓。整个墓动用石材规模多达 6000 立方米，仅巨型石条就使用了 1100 余块，其中最大的石板平面达 60 余平方米，重 50 余吨。因为其构筑严谨，技艺精良，雄伟壮观，所以又有"东方金字塔"的美称。

当然，比起真正的古埃及金字塔，"将军坟"的规模要小许多。考古学家认为"将军坟"是好太王的儿子长寿王的陵墓，它与好太王碑一样，都是 5 世纪初建造的。长寿王在为父亲树碑的同时，也为自己未来的归宿做了相当奢侈的安排。后人在集安高台村大湖附近的绿水桥发现了一个高句丽时期的采石场，现场存有与"将军坟"石材大小相等的被加工过的巨石。有关专家经测定，得

⊕ 好太王碑

128

出石场石质与"将军坟"石质相同的结论。于是人们推断，当时的工匠是春、夏、秋采石，冬季利用河沟冰雪，采用滚杠和牛、马拖拉等方法将石条从采石场运至鸭绿江，然后再沿江取道分别运至筑坟现场。

王公造屋筑坟，贵族也不甘落后。集安洞沟古墓群，现存墓葬达 7160 座。墓群范围之广，墓葬种类之多，数目之大，的确堪称中国北方少数民族古墓群之首。

更让世人称奇的是墓中的壁画。彩色莲花当然是佛教的象征；而南壁朱雀，北壁玄武，东壁青龙，西壁白虎则是中国道家信奉的方位神和吉祥神；还有人首龙身的伏羲女娲像，牛首人身的神农炎帝像，扶轮锤打的奚仲做车图，乘龙飞腾的黄帝巡天图。有人解释：伏羲女娲揭示的是人类的产生，神农炎帝说明的是人类的生存离不开农耕，奚仲做车体现的是手工劳动者的出现，而黄帝巡天则标志着国家统治者的出现。这些壁画所包含的社会内容与民族内涵显然已经远远超出了神话内容的本身。

丰富的古迹使集安成为中国东北重要的旅游之城。近年来，集安加强了对旅游资源的管理、修缮与开发。鸭绿江畔的这座历史名城随着人们日益增长的旅游需求，必将迎来一个新的蓬勃发展时期。

绿水奇人

告别集安，鸭绿江就流入了宽甸境内。宽甸在中国的夏、商时期，属青州之地。春秋、战国时，属燕国辽东郡。

宽甸称甸始于1576年，也就是中国明代的万历四年。朝廷大员在宽甸、长甸、永甸、坦甸、赫甸等地修筑六座城堡，史称"六甸"，或"宽甸六堡"。宽甸的名字由此而延续下来。

宽甸是满族聚居区，据说这里每三个人中，就有一个是满族人。并且这里的一些山川也都有一个满语别名。像白石砬子山，满语的名字叫固拉库崖，意思是峻峭山峰。牛毛生河满语叫细鳞鱼河。夹皮沟满语意为雀鹰等。

如果说，鸭绿江流经集安养育了一批美人的话，那么它流经宽甸则养育了一些奇人。杨木川满族乡金厂村，这个看上去并不起眼的小村落，谁能想到历史上竟出过驸马？陈氏家族中辈分最高的陈圣明，就是被清太祖招为驸马的吴尔古岱第十代孙。

宽甸更奇的人物是阮国长。当年有地方官员听闻阮国长年已163岁，于是专程到宽甸查访。一些古稀之年的老者说，他们幼年的时候看阮国长就是一位老者，古稀之年以后，阮国长还是当年的模样。据说阮国长牙齿曾经三落三出，头发也于74岁、130岁和140岁时三次由白变黑。阮国长一直活到164岁。1924年寿终的时候，甚至当时省里的高级官员都为其送了挽幛。

⊕ 阮国长雕像

著名的《吉尼斯世界之最大全》中记录的世界上享年最高的老寿星是日本国鹿儿岛县所属德之岛上的泉重千代老人，他活了 120 岁零 237 天。阮国长比这位"世界长寿之最"的老人还多活了将近 44 年。显然真正的"世界长寿之最"非阮国长莫属。不知最初提出编辑世界之最大全的吉尼斯公司总经理休·比弗爵士假如知道这一消息，该有何感慨。

　　位于宽甸的阮老人小学校曾经获得过阮国长捐赠的 2600 元银元。这笔钱是阮国长寿终时遗留下的养老金。关于阮国长长寿的秘诀，有人曾专门做过调查，除了起居有恒、饮食有节、运动有时、清心寡欲和吞咽口中津液外，并没有更多的诀窍。有人说，阮国长活 164 岁，应该是与这里的山水有关系。

北国江南

　　的确，宽甸地区历来水丰林茂，至今仍是世界六大无污染地区之一。尤其是这里山奇青，水奇俊，风光极其秀丽。

　　宽甸山属长白余脉的千山山系，地属鸭绿江下游与浑江交汇处，海拔千米以上的高峰有 15 座，可谓奇峰迭出，万壑深幽。水不仅有鸭、浑两江，而且有水丰、太平哨、太平湾三大水库。三万多公顷湖面，水漫峡谷，山展水中，山环水绕，千姿百态。

　　宽甸不仅山高水长，而且林丰树密，许多植被核心区还处在原始状态，这在世界上也不多见。另外宽甸景点相对集中，以县城为中心，向东 75 公里处有青山沟风景区，向南 60 公里有鸭绿江国家重点风景名胜区，向西 60 公里有天桥沟国家森林公园，向北 30 公里有白石砬子国家自然保护区。围绕中心又有八一水库景点、黄椅山省级森林公园和火山口，还有峥嵘山、蒲石河等小景区，形成了遍及全县的旅游观光网络。

　　如果说每天过圣诞节会使人厌倦的话，那么年复一年地生

⊕ 秀美浑江

活在光怪陆离的现代生活中也会使人感到乏味。绿江景区的最大特色就是它的原始状态。危峰突起的山是原始的，幽深险峻的峡谷是原始的，甚至连鸭绿江边的渔村都有一种原始的味道。白日山歌互答，夜晚渔火点点。置身于这样的世外桃源，几乎立刻就能松驰人们本来绷紧的神经。

天桥沟国家森林公园里有天女木兰、水曲柳、核桃秋、黄波萝等多种国家重点保护的树种，还有黑熊、野猪、狍子、水獭、鸳鸯等珍禽野兽。走遍大江南北，再到天桥沟，人们会发现这里既有泰山的巍峨、华山的雄险、凤凰山的峭峻，又有庐山的清幽、黄山的秀丽、张家界的神秘。难怪有人称这里为"关外小庐山"。

天桥沟人说，他们这里有一绝，这一绝就是有一块蛤蟆石。蛤蟆石之所以有其名，主要是因为它的造型像青蛙。如青蛙一般造型的石头按说并不少见，但蛤蟆石上有水潭，潭中有积水，并且常年盈盈不竭。有人曾多次将潭中的水泼光，仔细检查潭底及四周，竟没能发现一孔一缝。找不到潭中水的来路，

⊕ 天桥沟之秋

但水还是源源不断地流出来，并且很快又把直径一米长的水潭灌得满满的。更奇的是，每年春天，大量青蛙在水潭边产卵，其数量多达成千上万。于是人们就传说蛤蟆石是青蛙女吞食了龙女的吸水珠变成的吸水石。蛤蟆石到底是怎么回事？相信只要人们肯下功夫，谜底显然是不难揭开的。

青山沟。有人称这里为"北国漓江"。据统计，青山沟妙趣天成的景点多达126处，大小瀑布有36条。新加坡曾有报道称这里是"神仙住的地方"。或许正因如此，中国著名的国画家宋雨桂才在这里建成了中国第一个、世界第三个画家村。

青山沟里一株高20余米的古松，据说已经有五百多岁了。远近的人们把古松看作松神，因为古松曾经枯死过一次，后来又奇迹般地复活了。古松枯死的时候，有人想砍掉它。可砍伐行动每次都会意外终止。这就更增加了古松的神秘。古松枯死于1919年，复活于1921年。人们当然知道，1921年，中国共产党诞生了，它最终使中国结束了战乱，实现了统一。所以也有人说，古树的死而复生是因为它从中国共产党的身上看到了中国的希望。这似乎是一种附会，但还是从一个独特的角度，反映了相当一部分纯朴善良的中国人对光明的渴望。

黄椅山森林公园，有人说它是天然火山博物馆。那些令人叹为观止的石林、石柱、石洞，都是冷却后的岩浆的杰作。一条名为蒲石河的河流，是鸭绿江在中国境内的第三大支流，水质优良，并含有多种人体所需的矿物质。这一带的山泉更有天然营养矿泉水的美誉。专家测定水中含有大量人体所需的偏硅酸及其他矿物质。并且黄椅山还产宝石。来这里的人如果运气好，常常可以在雨后或者在不为人注意的地方找到红宝石或绿宝石。

黄椅山有一月牙型的火山口，随着气温的变化，大蒲石河

被日光暴晒腾起的云雾弥漫于黄椅山腰，那时黄椅山如太师椅一般地漂浮于云霄之上，于是就形成了古老宽甸的八景之一——黄椅云霄。

水库。一望无际的盈盈绿水似乎表现了鸭绿江对这一方美丽土地的眷恋，但另一部分奔腾涌动的江水似乎又体现了鸭绿江对下游城市的向往。的确，离开宽甸的鸭绿江，直面的前方显然是更加辉煌的一章。

杜鹃王国

鸭绿江告别沿江大大小小的城镇、村落，以越来越大的流量进入丹东。丹东是鸭绿江沿岸最大的城市。因为与朝鲜的新义州隔江相望，因而也是中国最大的边境城市。

丹东曾经叫安东。1965 年，经中华人民共和国国务院批准正式改名为丹东，意思是红色的东方之城。

从空中俯瞰丹东，其形状宛如一个长长的金螺。依山临水，是辽东的山和鸭绿江雕塑了丹东的地貌。因为城区就在鸭绿江边，所以又有人称丹东为江城。

丹东历史上是鸭绿江边的军事要塞。中国的唐尧时期归青州之城，虞舜属营州，战国时是燕国东部边塞。西汉时设西安平县和武茨县。武茨的意思就是驻军。史书记载，1209 年，也就是中国的辽代，靠近丹东的鸭绿江上，战船无数，鸭绿江岸，旌旗招展。以后，元代、明代和清代，丹东地区都是赫赫有名的军事重地。1894年，中日甲午海战就发生在距鸭绿江口不远的黄海。1904年爆发日俄战争，丹东的九连城和虎山都是重要的战场。至今九连城东的镇东山仍保留着日本战胜沙俄而树立的"鸭绿江战迹碑"。立这战迹碑的人当年怎么也不会想到，有朝一日，这所谓的战迹碑会成为日俄侵略者侵略中国的铁证。

丹东早在19世纪末、20世纪初就开埠通商。美、英、法、日、丹麦、挪威、荷兰都曾云集丹东。美国在丹东设有领事馆，英国曾操纵丹东海关，英、美、挪威、荷兰、丹麦还曾轮流控制丹东的税务司。距鸭绿江口35公里的这块宝地曾让许多列强垂涎三尺。

20世纪40年代，丹东经历了两次解放。1945年9月，赶走了日本关东军，丹东第一次解放。1947年6月，人民解放军打败了国民党军，丹东第二次解放。每一次解放都经历了流血，都经历了战火硝烟。丹东曾是硝烟弥漫的土地。

饱受蹂躏的大自然是顽强的。大自然在战火中涅磐，在和平中再生。再生的丹东仍然是一块宝地。人们说，丹东的春天来得迟，去得也迟。并且丹东的春天很温柔。早春有风，但很轻。暮春时常有绵绵的春雨，无声润物，似乎更增添了春日丹东的几分诗意，所以，丹东人有春游的习惯。春天到丹东，特别是到丹东的鸭绿江畔，随处可见的欢欣的游人，他们并不都来自外地，其中相当一部分人就是丹东本地人，丹东人似乎很会享用鸭绿江的春天。

丹东的夏天较春天短，并且很有节制，热上三两天，便有一场大雨，于是满城的暑热就一洗而光了。赶上好时候，白天风和日丽，晚间突降喜雨。大自然的"洒水车"如期而至，丹东人不用现代化的空调也能在炎炎的夏日美美地睡上凉爽的一觉。

丹东的秋天和冬天就更有特色了。秋天的山五光十色，层林尽染。尽染的树叶落入鸭绿江中，一江秋水便也被尽染了。这是一种流动的尽染，比起静止的山林，这尽染的流水又有一种别样的诗情画意。

冬日的丹东最有趣的当然要数雪了。丹东的雪很大，并且很白，雪后的丹东并不冷，而且空气清新。冬季到丹东来踏雪，相信所有来的人都不会失望。

据说杜鹃花在全世界有850多种，中国有460多种，而丹东就有240多种。丹东人喜爱杜鹃花，杜鹃花几乎遍布丹东所有角落和所有人家。丹东的盆栽杜鹃已有60多年的历史，现已培育出珍贵品种120余种。杜鹃按习性，花开五月，可是在丹东，喝鸭绿江水长大的杜鹃，一年四季都争奇斗艳。爱杜鹃的丹东人用鸭绿江水和自己的智慧改变了杜鹃的习性。如此这般，有人称丹东为"杜鹃王国"就不足为奇了。

丹东另一个能称"王"的植物是银杏树。银杏树也叫白果树、公孙树，属松柏科落叶乔木，是当今世界上存活下来的最古老的树种。有人称银杏树为"活的树木化石"一点也不夸张。银杏树生长得很慢，小树苗每年只能长十厘米左右，但寿命却高达千余年，所以又有人说

⊕ 在那桃花盛开的地方

银杏树是"爷爷栽树，孙子乘凉"。更有趣的是，银杏树有雌雄之分，就是说，有男树，还有女树。男女相伴，自然就生出比一般的树更多一些的故事。丹东有银杏树数千株，用银杏树绿化成型的街道有 6 条。男银杏女银杏装点了这些街道，使这些街道平添了许多生机。

不知是银杏树的故事最先感动了丹东人，还是杜鹃花的美丽最先吸引了丹东人。1984 年 3 月 17 日，丹东市第九届人民代表大会第二次会议一致通过决议：正式确定杜鹃花为丹东市的市花，银杏树为丹东市的市树。杜鹃、银杏手拉手，肩并肩，双双夺取了市花市树的桂冠。

东方丝绸之路

作为繁华都市的丹东，历史不足百年。外来人不会想到高楼林立，商贾云集的现代化都市，数十年前却还是一片水塘、泥沼。沙河镇过去叫沙河子村，论历史，它比丹东要古老得多。丹东后来居上，奇迹般地发展起来，完全得益于鸭绿江。鸭绿江给丹东带来木材，带来粮食，带来各种海味山珍，继而带来商业、服务业、工业、金融业、建筑业、运输业、农业、旅游业等等。人们说丹东是因为有了鸭绿江才有了自己，是鸭绿江养育了丹东人，也是鸭绿江孕育了丹东这座城市。

得益于鸭绿江的一江绿水，丹东的丝绸工业出类拔萃。尤其是柞蚕丝绸，全世界 80% 的产量在中国，丹东则占了中国总产量的 50% 以上，并且有 6 大系列、14 大类、300 多个品种、670 多种花色、畅销世界 60 多个国家和地区。所以，丹东又有"丝绸之城"的美誉。

1993 年 4 月，也就是首届"中国·丹东东方丝绸节"前夕，丹东专门组织了一班人马，遍访了全国的丝绸专家；遍阅了全国的古籍文献。结果证实：中国的丝绸之路并不仅仅是一条。在中国的东方，还有一条比汉武帝时期张骞出使西域更早的"东方丝绸之路"。丹东就是这条古丝绸之路的重要驿站，是中国向域外通达朝鲜、日本丝绸之路的起点。

"丝绸之路"当然是中国的专利。但最早提出"丝绸之路"概念的却是德国地理学家李奇霍芬。1877年，李奇霍芬第一次使用"丝绸之路"这个概念的时候，他显然指的是中国西域的"丝绸之路"。他当然不知道，比中国西域"丝绸之路"早一千年，中国还有一个"东方丝绸之路"。

其实，丝绸始于中国，最早可以追溯到新石器时代。那时的中国人就已经开始养蚕、抽丝、织布、做衣。相传黄帝之妃嫘祖就是一个养蚕能手。在中国人发明丝绸1000年之后，西方人还在猜测丝绸的成因，就像有的西方人想不通中国的元宵是怎么把馅装进去的一样，有的西方人以为丝是从某种树叶中抽出来的，也有的认为丝是自然界中的一种毛。公元前100多年的汉昭帝时，陈宝光的妻子创造出丝织提花机，从此丝绸产品发展到锦、绮、罗、绢、绣五大类，呈现出一个绚丽多彩的丝绸世界。据说罗马国王凯撒大帝曾穿着中国的丝袍去看戏，艳丽华贵的丝袍立刻吸引了整个剧场的观众，几乎所有的人都惊羡不已。后来人们得知这种丝绸来自一个遥远的东方大国，他们叫不出这个国家的名字，于是就称中国是"赛里斯"，也就是希腊语"丝之国"的意思。时至今日，世界上仍有人称中国为"赛里斯"。

⊕ 丹东自然保护区的鹭鸟

鸭绿江沿岸的柞蚕丝源于山东。山东出产的柞蚕丝早在1628至1644年间就享有盛名，被外国人称为"山东绸"。当初丹东生产的柞蚕茧大部分被销往山东的烟台缫丝。1904 年以后，丹东逐渐建起了蚕丝厂和绸厂，并进一步对缫丝的工艺进行了改进，使原本就因鸭绿江水的滋润而光滑异常的蚕丝质量得到了进一步提高，一举超过了烟台丝。1921 年以后，丹东的丝厂总计已发展到六十余家，从此丹东的柞蚕茧都在本地缫丝，断绝了对烟台的供应。丹东也因此超越烟台成为中国柞丝生产中心和贸易基地。

丹东柞蚕丝生产的真正的高峰期是在 20 世纪 70 年代以后。喝鸭绿江水长大的丹东人当然忘不了鸭绿江。就连开发的柞绸新产品他们都不忘命名叫"红玫瑰" 2300 鸭江绸。2300 鸭江绸刚刚问世就在中国的广交会上为众多外商所看重，一时间成了广交会上的抢手货。据说，阿富汗前国王的妻子查希尔王后曾穿着一套用 2300 鸭江绸做的红色礼服，得意地称赞："中国的柞绸漂亮极了！"有人说，仅 20 世纪后半叶，丹东出产的柞蚕丝绸就能绕地球二三十圈。把这些丝绸铺到地上，能把中华大地铺个遍。1992 年，丹东绢绸厂专门组织了一个柞绸服装模特队，一些年轻姑娘穿着用自己厂生产的柞绢、柞绸做的服装，到了北京、成都、石家庄等城市，一时间倾倒了数不清的看过表演的人。人们奔走相告，没想到丹东的姑娘漂亮，丹东的丝绸更漂亮。这似乎又应了中国的那句古话：一方水土养一方人。一方水土也养育了一方的丝绸。

英雄城的黑色幽默

如果乘汽车或是徒步到丹东，无论从哪个路口进入，都会发现一座宏伟的建筑。这座建筑就是著名的抗美援朝纪念馆。这片塔楼式建筑群的绝大部分投资来自国家相关部门，来自军队，来自志愿军老战士，来自缅怀志愿军烈士的普通人。

⊕ 抗美援朝纪念馆

建纪念馆的山原来没有名字，因为要建纪念馆，所以才给它取了个名字叫"英华山"。如今英华山的名字在丹东叫得很响。有人到丹东问：抗美援朝纪念馆在什么地方？人们就会很流利地告诉他说：在英华山上。

丹东人似乎永远也忘不了20世纪50年代初烧到鸭绿江边的那场战火。鸭绿江经历了那场战火，丹东人当然也经历了那场战火。因为丹东经历了那场战火，因为丹东人民在那场战火中所表现出来的顽强不屈的精神，所以丹东又有了一个"英雄城市"的称谓。

当然，最终保卫了这座城市，也保卫了与这座城市唇齿相依的鸭绿江另一侧城市的是中国人民志愿军。那些为人民的安危献出鲜血和生命的人们是不应被忘记的。或许正是出于这样一种信念，丹东人坚持不懈地跑了八年，终于使建纪念馆的经费有了着落。

到丹东的人不能不到鸭绿江，也不能不到锦江山。锦江山历史上叫镇江山。尽管叫镇江山但还是没能镇住日本侵略者的铁蹄。侵略者不仅从丹东掠夺走了大量物资财富，而且还在这山上建寺立碑，甚至把充当关东军炮灰的罪恶的尸骨迁移到这里，这似乎是一种历史的黑色幽默。

一个民族不能因为有了一个什么名称就变得强大起来。民族的强大靠的是扎扎实实的奋斗。站起来的中国人也在锦江山上修了一座塔，这似乎也是一种象征。他们把镇江山改为锦江山，这不仅体现了一种追求世代和平的美好愿望，也体现了一种民族的自信。在山顶修了这六角重檐的望江楼。登上望江楼，放眼南望，鸭绿江两岸，两个国度，两座城市，尽收眼中。丹东人走到哪里都忘不了抬头看一眼鸭绿江。

一个大胆的梦

　　丹东有大量的地表水，自然就少不了地下水。丹东的地下水不但有清凉的，而且还有滚烫的。丹东的温泉泳池据说在中国是独有的。与城市的室内泳池相比，这里的热水不是人为的，而是自然的，里面含有碳酸盐、钾、镁、铁等40多种矿物质，而且含有少量的镭、氡、铀等放射性元素。所以这里的水不仅能游泳，而且能保健，能治病。

　　一座又一座温泉疗养院在这里拔地而起。一年四季，一批又一批人来这里沐浴，做理疗，做泥疗。温泉给人们带来惬意，带来健康，也给当地的人们带来财富。

　　丹东人因为有了鸭绿江所以有了一个梦，丹东人的这个梦是一个大胆的梦，一个最初由联合国传出的梦，这个梦有人称它为"21世纪伟大壮举"。这个壮举就是：由日本东京为起点建造一条通过日韩海底隧道，经

⊕ 最美边境鸭绿江

韩国首尔到达朝鲜的平壤，再从平壤经鸭绿江到达中国的丹东，经丹东到达北京，经北京到达俄罗斯的莫斯科，经莫斯科再到达英伦三岛的国际高速公路。据说，为了实现这个宏大的设想，相关各国已经分别批准并开始了前期的工作。这条国际大通道的建设，不仅将对中国东北地区的经济发展起到重要的推动作用，而且还将对亚太地区，特别是对东北亚地区的经济发展发挥重要作用。丹东将处于这一国际大通道的中心和枢纽地位，丹东人岂能不自豪，岂能不对明天充满希望！

⊕ 鸭绿江之梦

炽炽熔炉
——边防军的故事

助人长进是"必须的"

李连磊作为国防生，读了两所大学，获得了两个学士学位。一个是吉林大学的工学学士学位，一个是石家庄机械化步兵指挥学院的军事学学士学位。2005 年 6 月，带着两个学位证书的李连磊先是到省军区报到，然后到军分区报到，接着到边防团报道，最后又到了边防哨所。

部队院落的门越走越小，所到的地方越来越偏僻。这时的李连磊想的是"锻炼"。越是艰苦的地方越能锻炼人，李连磊想把自己好好地锻炼一番。

这个哨所"三不通"：不通车，不通邮，不通电。前后百里属于无人区，除了战士以外，平时见到喘气的，不是鸟儿就是动物，要么就是各种各样的蚂蚁、蚂蚱、蚊虫。照明靠的是一台突突作响的柴油发电机。柴油很有限，所以发电机不能整

⊕ 整天看的是界江

天持续发电，只能在晚上做饭的时候发一会儿电。

李连磊的职务是排长。夏天白昼的时间很长。正课时间，战士们或是出去巡逻，或是训练，或是学习，或是修整巡逻路，或是打扫营区，还有一些正事儿干。到了傍晚，战士们吃完晚饭，没有电视，没有娱乐，一个个就溜达到山坡上去吹口琴，要不就是蹲在江边，面对缓缓流淌的江水发呆。也有的写家信，给父母写，给同学写，也有给女朋友写的。

李连磊很快就知道，在这里写出来的信，最大的特点是"积压"，一时半会儿是寄不出去的。这里看到的报纸也不叫"报纸"，而是叫"抱纸"。平时见不到，一来来一抱。"一抱"当然就算不上"日报"了，只有"月报"，好一点儿也就是"半月谈"。

见不到报纸，寄不出家信，但战士们还是写，寄不出去也写。没有电，只有蜡烛。不写家信，不写情书，还能干什么呢？

最让李连磊感到意外的是全排战士每个人都会吹口琴，真是"大可奇"了。李连磊问："你们怎么都会吹口琴啊？"战士回答说："老排长教的。"

原来过去的排长喜欢音乐，口琴吹得好，他把全排战士都带得会吹口琴了。"浸月江流默无声，幽抑琴音泣如诉。"李连磊想，这样下去可不行，这口琴要是曲子选得不对劲，越吹大家越惆怅，越吹情绪越低落。这也太浪费光阴了。

这种情形必须改变。

后来李连磊就跟战士们商量："咱们办个烛光夜校行不行？"战士们说："啥叫烛光夜校？"李连磊说："就是利用晚上的时间组织学习，我给你们讲课。"战士们说："讲啥课？政治课白天不是讲过了吗？"李连磊说："我给你们讲文化课。"战士们说："那就试试看吧。"

于是就开始筹办"烛光夜校"了。李连磊是有双学士学位的大学生，他想发挥自己的优势，为战士的成长进步做点儿贡献。各级都讲"以人为本"。李连磊认为，对于战士，关注他们的学习成才、成长进步，这是最好的以人为本。别看战士们档案上写的都是"高中"，李连磊简单摸了一下底，很多人实际水平不过就是初中，档案里的"高中"水分很大。

战士来自四面八方，文化水平参差不齐。李连磊知道，"烛光夜校"不能一刀切，必须因人而异，为人所需，看人下菜。所以，办校伊始，李连磊挨个征求战士的意见，挨个问战士有什么想法。有的战士说："我想考学"；有的战士说："我想练字"；有的战士说："我想学普通话"。想法五花八门。李连磊就按照战士们的不同想法，分门别类，建立起不同的学习小组。想考学的，李连磊就给他们辅导高中数理化；想练字的，李连磊就教他们书法；想学普通话的，李连磊就教

⊕ 哨所雪浴

他们普通话的发音。啥也不想学的，李连磊就想方设法办起各种"兴趣爱好班"。咋说也不能让人干闲着。人有所学，日有长进，这是必须的。

李连磊的这一招很管用，战士们有了各自的追求，有了各自的"作业"，精神便不再空虚，心灵不再寂寞，时光也不再虚度。

小故事，大智慧

后来李连磊还搞了一个"天天故事会"，在排里开展"小故事，大智慧"活动。李连磊通过各种渠道，搜集了1000多个小故事，坚持每天给战士讲一个小故事，每天给战士一个新启发。

"一个老人走进纽约的一家银行，来到信贷部坐下来。老人身穿豪华的西服，脚穿高档皮鞋，领带上别着的是纯金的领带夹。"李连磊就这样开讲了。

"我想借1美元。"

"什么，1美元？"

"对啊，可以吗？"

"当然可以，只要有抵押，再多些也无妨的。"

老人打开豪华皮包，拿出一堆股票、债券等，放在经理的桌子上。

"总共值50多万美元，够了吧？"

"当然！当然！不过，你真的只借1美元吗？"

"是的，就1美元。"

"那么年息为6%，只要您按时付出利息，到期我们就退还您的抵押品。"

老人办完手续，拿了借来的一美元准备离开银行。

一直在一旁冷眼旁观的行长怎么也弄不明白，这位拥有50多万美元抵押品的人，干嘛要来银行借贷1美元？于是他追上前，想问个究竟。

"你们知道老人是怎么回答的吗？"李连磊问战士们。

战士们你看看我，我看看你，谁也回答不上来。

李连磊说："老人是这样回答的：'来贵行前，我问过好几家金库，他们保险箱的租金都很昂贵。所以啊，我就在贵行寄存这些证券，租金实在太便宜了，一年才6美分……'"

李连磊说："这个故事的题目叫《换思维》。所有'正常思维'的人，都会走同样的路子并受到同种思考方式的限制，这就是找一家既能寄存又省钱的地方。但这种地方寄存物品的保险系数往往与租金的高低成正比。这位老人跨越'正常'，换了一种思维。他不谈寄存，而是用一种'反常'的借贷方法，达到了既安全寄存，'租金'又几乎等于零的目的。我们生活中许多事情都是如此，尤其是身处逆境，不妨换一种思维，或许就是另一片天空……"

一天一个小故事，一段小故事会给人一个意味深长的哲理。李连磊就是这样，让战士通过自己讲的小故事，体验到生活的乐趣，领悟到人生的哲理。如此这般，排里的精神面貌很快便焕然一新。

后来边防条件改善，有了风力发电机。李连磊又买了普通话学习光盘，在排里开展"互学家乡话，互学普通话"的活动。来自山南海北的士兵，南腔北调，互相学习，方便了沟通，也增添了一种别样的情趣。

再以后，李连磊建立起了一个"教学影音库"。物品再大也没有集装箱大，集装箱再大也没有车大，车再大也没有库大。李连磊起早贪黑搞的是"库"，软件库。这个库里面有各种各样的教程，想学习Word、Photoshop，没必要再去参加什么培训班，李连磊的"库"就都解决了。知识类、欣赏类、娱乐类；电子琴、乒乓球、台球、从初级到高级，都有详细的视频

⊕ 运送弹药

教程，战士对什么感兴趣就可以去学什么。并且还有了投影仪，有了音响设备，有了卡拉OK。每当给战士过集体生日，连队便举行卡拉OK大赛。李连磊把大赛装扮成MTV形式，让战士们一展才艺。还有就是周末影院，每周六放一场电影，每一部电影都设一个特定的主题，看完电影，组织战士们进行讨论，谈感想，谈启发。

人是需要交流，需要沟通的。有了李连磊建的软件库，交流不仅做到了经常化，而且实现了娱乐化，趣味化，大众化。战士们感到自己的眼界宽了，幸福指数提高了，思想境界也提高了。

李连磊还搞了一个"边防连广播电台"。一个挂在外面的大喇叭，一个功能放大器，把它们跟电脑连接上，由电脑进行自动化控制。每天放号，放"新闻和报纸摘要节目"，还自己办广播，播发战士们自己写的文章、报道。开始战士们的文章有些"土"，但土有土的特色，土有土的滋味。美不美，家乡水；亲不亲，身边人。"边防连广播电台"说的都是连队的事儿，战士身边的事儿，战士听着亲，听着滋润。并且嫩苗是会逐渐长大的。有了"边防连广播电台"这一片天，战士们的翅膀逐渐就硬了，写的稿件逐渐开始走出连队，走出军营，走向军内外报纸、电台，走向了更广阔的空间。李连磊的工夫没有白费，连队逐渐出了几个"小秀才"。

"0.46"连着强军梦

这是全军"四会政治教员"比武现场，面对全军高手，面对总政治部领导和由国家语言应用司司长、总部和各大军区宣传部部长、副部长组成的评委团，登上全军政治教育一堂课的比武擂台，巴兴感觉这与上战场没有什么两样。

这当然是一种战斗，一种没有硝烟但却同样激烈的战斗。

巴兴是边防连指导员。他向台下群星闪耀的将校们敬了一个军礼，然后就打开话匣子开讲了。他选择的这堂课的题目是《"0.46"连着强军梦》。

"同志们，"巴兴开始了"开场白"。

"近段时间，如何立足岗位投身强军梦，成为连队热议的话题。大家谈梦、说梦，热情都很高，决心也都很大，可是一遇到上'马市岛'换岗执勤这样的具体问题，有的同志就打了折。我听有的同志私下里议论，说咱们连驻防的'马市岛'面积只有0.46平方公里，周围连一户人家都没有，而岛上的哨所也是我们团306公里长的边防线上最小的一个哨所。在这么个巴掌大的地方工作生活，那就是白白浪费青春，能有啥梦想？有梦也不敢想！那么，是不是舞台不大，军旅人生就不精彩了？是不是岗位平凡，就不能为实现强军梦做出贡献了呢？今天，我就围绕'0.46连着强军梦'这个话题和大家做个交流。"

巴兴说的"马市岛"，还有一个名字叫"情人岛"。"情人岛"既温馨又浪漫，给人无限美好的遐想。可当巴兴脱离大学校园来到这里的时候，他立马就傻眼了。原来这个所谓的"情人岛"，举目除了光秃沙石，就是一片萋萋荒草。不但与情人无缘，就是人烟也很少见。巴兴很难理解，这样一个寂寞荒凉的小岛，咋还有了"马市""情人"两个地名呢？

更让巴兴意外的是，岛上没有房屋，这里的兵满打满算只有四名，现在加上巴兴也只有五个"边防官兵"，住在一个一辆卡车大小的铁皮方舱里。这个方舱，夏天在烈日的暴晒下，比桑拿浴室还闷热，有空调也没用；冬天滴水成冰，电暖气那点儿热气刚刚散出来就被冻没了，起不了多大作用，战士们常常在睡梦中被冻醒。并且用电暖气还得启动柴油机，柴油机的噪声在狭小方舱里显得特别大，人与人之间普遍交流是听不到的，只能喊话。

巴兴开始郁闷了。大学同窗不时打来电话，他们有的被分到北京、上海、大连等一线、二线城市当白领，有的在国外攻读研究生，个顶个繁花似锦，姹紫嫣红。唯有巴兴，本来在大学有高分，有学生会主席的"官职"，也有条件诱人的高薪单位早早来"挖墙脚"，他还可以轻松地去大连海军当地勤，但他却偏偏选择了边防部队。本来是想磨练自己，但没想到这有"马市""情人"两个地名的小岛竟如此令人失望。

守卫在这个省级以上地图里找不到、名副其实弹丸之地的小岛上，真的不能有梦想吗？真的没有意义吗？

巴兴是排长，也是新兵。作为新兵，他可以对环境不适应，但是作为排长，他却不能在战士面前表露出消极。这是一种艰难的肉体磨练，也是一段痛苦的心路历程。所幸巴兴很重视"意义"，追求"意义"。他开始冥思苦想，开始围绕意义"吾将上下而求索"。

首先是战士的表现给了巴兴很积极的启示。战士们没有精神萎靡，他们看上去很快乐，甚至很振奋。尤其是战士们还写了两副对联，挂

⊕ 没有人烟的情人岛

在方舱的外面。一副的上联是"临江前哨显英雄孤胆"，下联是"镇岛神针展国门雄风"；另一幅对联的上联是"独守孤岛孤单但不寂寞"，下联是"为国站岗艰苦就不叫苦"。

⊕ 方舱当房

看似平常的两副对联，但展现出的以苦为乐、扎根边防、建设边防的精神，却对巴兴的心灵产生了强烈的震撼。巴兴联想到古文中的两句话，一句是："做宰相必起于州郡"，还有一句是："猛将必发于卒伍"。他知道，越是基层艰苦的环境，越是一种磨练，越是一种宝贵的经历，这是一层"意义"。还有一层"意义"，巴兴发现自己所处的位置，虽然地方很小，但地理位置非常重要。它的不远处就是历史上的九连城要塞。九连城爆发了两场著名的战争：一场是 1894 年的甲午战争，当时这里是鸭绿江江防之战的主战场；另一场是日俄战争，这里也是日俄争夺的焦点。并且小岛的上游就是虎山长城，是几千年来中华男儿为国戍边的起始点；下游是鸭绿江断桥，那是抗美援朝的中国志愿军战士威武不屈的象征。

巴兴想通了，驻守在这个巴掌大小的地方，不是没有意义，而是太有意义了。

于是这便有了巴兴在全军比赛擂台上激情的演讲：

"我们的驻地是历史上有名的九连城要塞，马市岛正是这个要塞的前沿屏障。从这往上游 7 公里，就是万里长城的东端起点—虎山长城；往下游十公里，则是著名的鸭绿江断桥。在这里有两场战争，至今像刀子一样在剜我们的心。一场是

1894 年爆发的中日甲午战争，当年日军从九连城上游安平河口和虎山附近发起进攻，由于清军厌战怕战，日军兵临城下时，九连城要塞竟无一兵一卒，仅仅十天，日军就占领了辽河东岸，最后迫使清政府签订了丧权辱国的中日《马关条约》，开始了中国长达半个世纪被日本践踏的恶梦。一场是 1904 年的日俄战争，日俄为争夺势力范围，悍然在中国境内大打出手，焦点也是九连城要塞，由于清政府腐败无能，眼睁睁地看着两个强盗闯进自己家里为非做歹，想杀谁就杀谁，想抢什么就抢什么，使人民遭受了惨重的战祸。现在，离连队不远的地方就是日本碑、俄国坟，它们像一块块褪不去的伤疤，诉说着近代中因国弱国无防而惨遭蹂躏的辛酸血泪。泱泱大国任人宰割的屈辱历史深刻说明，枪杆子硬才能腰杆子硬；没有强大的军队、巩固的国防做后盾，我们就会倍受欺凌，甚至国破家亡。前事不忘，后事之师。作为新一代戍边军人，我们一定要牢记那段屈辱历史，居安思危，警钟长鸣，清醒认识守好‘0.46’，这不仅事关中国军人的尊严，更关乎国家命运、人民幸福。我们必须自觉投身到强军兴军的伟大实践中去，绝不让历史的悲剧在我们这一代重演……"

停顿片刻，巴兴继续说："哨所上游三公里的马市沙洲和下游五公里的浮桥遗址，是第一批中国志愿军入朝作战的过江通道。如今，朝鲜战争的硝烟已散去 60 多年，但半岛却始终处于剑拔弩张的紧张状态……我们守护的虽只有 0.46 平方公里，但面对的却是整个东北亚地区的风云变幻……特别是在半岛作为大国博弈热点的背后，更深藏

⊕ 紧急行动

着敌对势力对我进行牵制围堵的战略图谋。我们常讲：眼里始终有敌情，心中始终有忧患。那什么是忧患呢？我认为，忧患，就是站在晴空下，能够闻到暴风雨的信息；站在和平的门槛里，能够闻到战争的硝烟，闻到血腥的味道。守在这 0.46 平方公里的土地上，我们更应清醒地认识到，天下虽安，忘战必危。面对复杂严峻的周边安全形势，我们要始终保持箭在弦上、引而待发的高度戒备态势，用青春和热血担当起'守护国门'的重任"。

……

显然，巴兴的这一课，融入了他的亲身经历，更融入了他的心路历程，所以他讲得很投入，越讲越兴奋，越讲越动情。在场的将校评委以及各大军区的参赛高手没有一个不被其吸引，没有一个不被其打动。

临近尾声，巴兴激动地说："最后，我想用一位丹东老边防军人的诗与同志们共勉：

九城要塞成雄关，盘马弯弓伴月眠。

辽东春晓映孤寂，婴儿浅笑睡梦甜。

虎山断桥多遗事，狼烟号角声未远。

绿江洗剑心犹痛，忠魂浩气荡海天"。

全场响起了热烈的掌声。巴兴的授课显然引起了在场所有人的共鸣。

有过一次惨败

在此之前，巴兴曾经有过一次惨败。

那是两年前省军区组织的一次比武，巴兴有幸参加了。因为巴兴出生的家庭并不显赫，父母虽然是普通人，但却望子成龙，从小教育巴兴要努力奋斗，争取能有所建树，所以他学习始终很刻苦，中考的时候考了全市第十八名，顺利进入全市最好的高中。

进入高中后，巴兴又以优异成绩进入了尖子班。考大学的时候他选择报考国防生，结果考取的成绩比录取分数线高了60多分。"高分屈就"进入东北大学很有名气的计算机系，他先当升旗手，再当班长，又当中队长，后来又担任了国防生学院的学生会主席。

大学期间巴兴先后得过四次奖学金，在公共场合露脸的机会很多，还组织过很多晚会，参加过很多演讲，每次演讲收获的都是金灿灿的果实，从来没有过败绩。所以，对于参加省军区"四会"政治教员比武，巴兴觉得这个没啥大不了的，也就是"张飞吃豆芽——小菜一碟"。

没想到答题、授课、临场抽题答问，三场比武下来，巴兴的成绩倒数第一。

那一瞬间，巴兴心灵的天空一片漆黑，他想起了自己从小便不知读了多少遍的《三国演义》，此刻才切切实实感受到了什么叫"无颜

⊕ 心系祖国

以见江东父老"。

书没少读，知识没少积累，讲课旁征博引，天文地理，楚辞汉赋，唐诗宋词，之乎者也，滔滔不绝，差在哪里呢？

他不敢抬头见战友，晚上躺在床上睡不着觉，闭着眼睛翻来覆去地想啊想。

巴兴不甘沉沦，他善于思考，善于反省。反思的结果使巴兴意识到，他显然已经不是第一次犯这样的错误了。

当排长第一次给战士讲课，尽管面对的小岛士兵只有四名，巴兴还是希望能"一炮打响"，给战士留下一个顶呱呱的好印象。他从小热爱古文，古汉语、古诗词底蕴丰富，于是，他开篇就是"少小去乡邑，扬声沙漠垂。宿昔秉良弓，楛矢何参差……"引过了曹植的《白马篇》，接下来又是唐诗宋词，最后用了自己亲自写的一首仿古诗："边城戴月初阳暖，冰河洗剑紫锋寒。辽东劲雪腾蛇雾，清角犹闻戍雄关"。

课讲完了，巴兴意犹未尽，挨个问战士："我讲得怎么样？你感觉如何？"

战士就是战士，战士不会拐弯抹角。战士有的说："你的学问太深了，我使了吃奶的力气，也没听懂几句。"有的说："你那首诗太厉害了，我就听懂了前面的边城、冰河，还有辽东。后面说的是啥意思，我就不知道了。"

演砸了。第一次给战士讲课就演砸了。

从"尊重"到"我的责任"

问题出在哪里呢？

巴兴想起了那个成语"对牛弹琴"。再转念细想，"对牛弹琴"讽刺的仅仅是牛吗？如果把"对牛弹琴"仅仅看作讽刺牛，是不是有点太肤浅了？

巴兴开始从自己身上找原因。

一次，连长杨玉玉集合全连讲评工作。杨连长是由优秀士兵考学提干的，学历不高，但讲起话来言简意赅，头头是道，战士们听得很认真，也很入心。巴兴明白了，原来对战士讲话不能故作高深，不能卖弄学问，重要的是要懂兵情，知兵心，用兵言，讲兵理。

又是一次政治教育课，授课的主题是"尊重"。巴兴在黑板上写下了"尊重"两个字，然后就拿出手机接电话，连一句招呼都没打，就离开了课堂。

一分钟、两分钟……十几分钟过去了，课堂上仍然不见巴兴的踪影。战士们终于沉不住气，开始议论起来。

"这讲课的都走了，大家还坐这儿干啥？"

"指导员肯定有事，咱们干脆解散算了。"

"……"

"大家保持安静，在座位上坐好。"负责值班的士官张春秋赶紧出面维持秩序，然后又到楼里转了一圈，还是不见巴兴的踪影。

"指导员平时挺有涵养的，今天这是怎么了？就是有急事，正讲课的时候也不能不说一句就一走了之，把我们晾在这儿啊。"张春秋也开始有了抱怨。

就在抱怨添满所有人心胸的时候，巴兴回来了，课堂重新恢复了安静。虽然声音静了，心却没静，战士们都等着巴兴给个"交代"。

巴兴说："刚才我的不辞而别是不是很不礼貌？大家是不是觉得很不舒服？"

这不废话吗？战士心想，你讲课刚刚开个头就不辞而别，把大家统统撂这儿，谁能感觉舒服？

巴兴当然看出了战士们的心思，接着说："大家为什么会感到不舒服呢？其中一个原因就是没有受到应有的尊重，我的不辞而别显然是对大家的不尊重。不被别人尊重的滋味是不好受的，这也就是今天

⊕ 巴兴带领战士们在志愿军雕像前宣誓

我要给大家讲的两个字：'尊重'"。

战士们这才恍然大悟，原来巴兴的不辞而别是故意抖"包袱"，让大家感受一下不被尊重的滋味。

接下来巴兴开始进入正题，他说："尊重经常表现在一些细节、一些小事上，它就发生在我们身边。譬如交接岗时，有人无故晚了两三分钟；别人刚刚清扫过卫生，你就不小心留下脚印、扔下烟头或纸屑；闲谈聊天中，不经意的脏字脏话，凡此种种，这些都会给他人带来反感，都是不尊重他人的表现。尊重说简单也很简单，说不简单也不简单。关键在于个人的修养，在于平时一点一滴习惯的养成，在于细节。尊重经常体现在细小的言谈举止中，或表现在无意间的举手投足，但却是以心交心换位思考的结果。只有尊重他人的人，才会得到他人的尊重。尊重他人是一种美德，被他人尊重是一种幸福。你要有美德，那么就请尊重他人；你想得到幸福，那么也请尊重他人。"

讲到这里，巴兴提议围绕"尊重"这个话题，大家畅所欲言，展开一场讨论。战士们你一言，我一语，不少生活中不经意的不良言行被"抽丝剥茧",一一剖析。

这堂课给全连官兵留下了深刻印象。打那以后,战士们都很注意自己的言行,生怕给别人造成不被尊重的感受。讲文明、重礼貌,渐渐成为全连官兵的自觉行为。

还有省军区组织搞的"德行考评"。

先是考评团以上干部,后来考评所有干部。巴兴心想,道德是我们中国人的立身之本,对干部重要,对战士同样重要,尤其是爱国爱岗的道德情操,更是时刻不能缺位。于是他决定给战士们上一堂道德课。

登上讲台,巴兴开篇第一句就问:"大家知道'天下兴亡'的后半句是什么吗?"

"匹夫有责!"战士张口就答。

巴兴说:"首先我要肯定,这个回答是正确的,很好。"

话锋一转,巴兴马上又说:"但是仔细推敲起来,'天下兴亡,匹夫有责'这个说法也有缺陷。为什么这样说呢?因为学术上有个名词叫"责任分摊效应"。'匹夫有责'就是每一个人都有责任,这就叫分摊,把责任分摊了。分摊的结果是什么呢?结果很可能是任何一个人都没有负起责任。我举一个例子,譬如半夜马路上有两辆汽车相撞,两个受伤的人从车里吃力地爬了出来。看到这个情形的人可能很多,大家都知道应该马上报警,马上叫120来救护,但是大家都以为别人会报警,别人会打120,结果最后没有一个人报警,没有一个人打120。受伤的人因为救助不及时,

⊕ 巴兴的界碑之恋

丢到了性命。大家说，这种事情会不会发生？"

战士们点头说："会。"

巴兴接着说："所以说，'天下兴亡，匹夫有责'，有积极的一面，但也有不严谨的一面。严谨的表述应该是'天下兴亡，我的责任'。用到我们连队，就是大家每个人都把连队建设的一点一滴当成'我的责任'。譬如连队的水房维护，按分工是二班的分担区，但是三班有人看到水房有水渍，就赶紧拿抹布去把它擦干净，这就是'连队荣誉，我的责任'。就像我们团队每季度都有正规化检查，检查出问题，连队就被扣分。如果这时大家都能自觉地把自己摆进去，都能自责，都觉得这是我没干好。这样的话，我们连队的建设就不可能搞不好。相反，如果看见一个烟头、一张纸屑，或者一个水龙头因为没拧紧在滴水，大家都觉得这是分担区责任者的责任，是'匹夫有责'，不是'我的责任'。这样连队就没有合力，就不能及时在一些细节上做到百分百。大家想一想，是不是这个道理。"

战士们一个个点头称是。

后来发生的一件小事，不仅使连队战士对"天下兴亡，我的责任"有了更深刻的认识，而且还有了更高度的自觉。

那是一个周末，连队组织清扫卫生，战士王世杰被安排擦拭楼道。因为楼道人来人往，王世杰擦了一遍又一遍，好不容易"收工"准备下楼了，突然又发现一二楼连接处的角落里躺了一块指盖大小的碎纸片。

王世杰有点儿不耐烦了，"咋又冒出个碎纸片？不管它，反正我都打扫好几遍了，小小纸屑也没人注意。"

王世杰选择了"无视"。

没想到就在这个节骨眼上，巴兴出现了，王世杰有些慌。

"指导员肯定看到我没有捡纸屑，一顿批评肯定是躲不过去了。"

王世杰迎着巴兴，硬着头皮故作镇定地问了声好，赶紧与巴兴擦身而过，然后回过头偷眼一瞄，王世杰的脸唰地一下红了。

原来巴兴这时正弯腰捡那片让王世杰选择"无视"的小纸屑，然后随手揣进了自己的口袋。

王世杰顿时感觉自己的心头仿佛被什么重物狠狠撞击了一下，脸上有些火辣辣的。

"连队荣誉，我的责任！"

不能犹豫，王世杰赶紧追上巴兴，说："指导员，我错了，把纸屑给我吧！"

巴兴把小纸屑递给了王世杰，什么话也没说，只是笑着拍了拍王世杰的肩。

一堂课，一个简单的动作，但在王世杰和全连战士的心中却掀起了不小的波浪。

王世杰从此仿佛变了一个人，凡事越来越细心，很快被连队评为"月作风标兵"，上了光荣榜。

什么才叫真正的"四会"政治教员，巴兴心里渐渐有了谱。经过那次失败的教训，巴兴重新振作了起来，经过一段时间实践的巴兴，已经不是刚刚走出校园的那个巴兴了。

踩了"地雷"会没辙吗？

接下来的比武就是最后的现场抽题解答，巴兴抽到了一道几乎是所有难题中最难的一道题。这是一道心理服务类的题，内容大意是：你作为基层指挥员，带领部队去参加抗震救灾，在抗震救灾现场，战士们都被眼前惨烈的场景惊呆了，很多人产生了巨大的心理压力，睡不着觉，吃不下饭，精神上出现了一种濒临崩溃的状态。面对这种情形，你会怎么办？怎样进行心理疏导？

参加比武竞赛的没有一个是心理学家，他们都是部队基层的政工干部。这道题一经宣布，在场所有的选手、包括评委，都吃了一惊，觉得巴兴这下可是踩了地雷，十有八九要"挂了"。

按规定每个人在台上有 30 秒的准备时间。陪伴巴兴一道赴京打擂的分区政治部副主任高昆看巴兴在台上一直没抬头，只是拿了手中的笔，在一张纸上写。时间一秒一秒的过去了，巴兴还是没有一点点动静。高昆预感情形不妙，浑身开始冒汗了。

巴兴的前面，曾经有过一个高手，擂台上答了一半，就答不下去了，只好放弃。高昆想，巴兴可别连一半都答不上，就放弃了啊！那样一来，连自己都无颜面对分区官兵了。

这一刻，巴兴心里在想什么？纸上写的又是什么呢？

谁都不会想到，就在所有的人都紧张的时候，巴兴却并没有紧张。他想的是：磨刀不误砍柴工，自己一定要想周全了再说。他在纸上写的是：第一步怎么办，第二步怎么办，第三步怎么办。

⊕ 军民同欢

巴兴很沉稳，也很自信。他的自信既不是轻狂的，也不是盲目的，更不是毫无来由的。此时的巴兴，已经历了边防连五年的刻苦磨练，积累了相当丰富的基层思想政治工作经验。

战士家长来队曾经是困扰连队的一个难题。早在巴兴担任连队副指导员的时候，一位家长登岛看望孩子，结果当天晚上其他战士全都没有了精神，全都想家了。后来巴兴就想，这事儿可咋解决呢？不让家长来看孩子，说不过去；让家长来，连队总不能三天两头就接待一名家长啊，并且还影响其他战士的情绪。能不能想出一个两全齐美的办法呢？

有了，巴兴大脑突然灵光一闪：对了，让来队家长给战士讲课，不要求家长讲多长时间，也不要求家长讲得多么精彩，就让家长讲讲对孩子的期望就行。

巴兴知道，家长台上和台下讲的内容绝对不一样。台下他会跟孩子说，"你别太苦自己""别累着""注意身体"等等，但是到了台上，他绝对不会说这些，他说的一定都是希望孩子在部队好好干，有作为、有出息，讲的都是正能量的东西。

又赶上有家长来队，巴兴就主动去请，说："阿姨啊，我有一个想法，想请你给我们战士讲一课。"家长说："我哪会讲课啊？不行啊！"巴兴说："你不用讲别的，就讲讲对孩子的期望，希望孩子在部队怎么干，这就行。"

战士家长还是不想讲。巴兴坚持动员说："阿姨，你既然来了，就不能把你的情感仅仅用在自己孩子身上，你要把这种情感发扬光大，用到所有战士身上。一个家长来队，让所有战士都感到来自家庭的温暖，这有多好！"

经过他多次动员，家长不好推辞了，只能登台讲演，说做父母的哪个不希望自己的孩子能过得好点啊！但是你们现在年轻，需要经受锻炼。你们在部队虽然苦点累点，但这是一种磨练，是一种成长经历，更是一笔宝贵的财富……

可怜天下父母心。家长一席话，亲情抵万金。战士们听后，都好像感受到了父母的心愿，思念亲人引发的萎靡立马变成了一种振奋。

家长简简单单的一堂课，却让全连所有战士都受到了教育，不再触景生情，思念亲人了；家长和士兵口口相传，没来队的战士家长听说到部队看孩子，连队要求讲课。敢讲的来了，不敢登台讲的就打了退堂鼓，挠头事儿变得再不挠头了。

边防"高富帅"

如今的媒体爱刮风，媒体一阵风，社会上"火"起了"高富帅""白富美"。风刮得越盛，战士们的底气越不足，感觉当兵的既不"高"，更不"富"，整天工作训练，风吹日晒，一脸黝黑，哪来的"帅白美"？有的战士甚至泄气地发牢骚，说选择当兵就等于告别了"高富帅"，选择了"黑瘦穷"。

巴兴意识到这是个意识形态的问题，必须解决。但解决的方式既不能过激，又要针锋相对，需要因势利导，做到润物细无声。怎样才能做到这一点呢？思来想去，巴兴决定给全连上一堂关于"高富帅"的专题课。

课堂上，巴兴先用投影仪显示出"高富帅"三个大字，战士们轰的一声炸开了锅。

巴兴说："今天我们来讨论一下这三个字，谁能说说这'高富帅'是啥意思？"

"这还不简单，个高、钱多得花不完、人又长得帅。"一个战士的回答引来笑声一片。

巴兴说："没错，这个词原本就是想表达这个意思。可大家笑过之后，能不能思考一下，徒有其表和富得流油的人，他

⊕ 边防连的学习室

们真的值得所有的人尊重吗？"

有战士举手，回答说："我看光有钱那叫'土豪'；长得好看，说话不文明最多只能算'花瓶'。这样的人，我们羡慕，但不敬佩。"

巴兴说："这个回答很好。关于'高富帅'，我有个自己的定义：'高'要高在信念道德上，'富'要富在学识底蕴上，'帅'要帅在言谈举止上。信念是军人的魂，道德是立身的本，学识制约着视野的宽窄，底蕴代表着经验的积累。它们相互作用，知行合一，转化为我们的外在表象。这种'高富帅'，无关于你的家庭出身，无关于你的富贵贫穷，你后天的努力决定着你人生的高度。所以，我们军人的'高富帅'，就是觉悟高，学识富，军姿帅。大家说对不对？"

"对！"应声如雷。

从此，边防连有了自己军人的"高富帅"。

有的是"绝活"

巴兴在基层思想政治工作上的"绝活"还有很多。

战士杨挂帅性格内向，训练刻苦。但训练场上稍一发力，他脸部便会出现一副"恶狠狠"的表情。时间长了，有人就给他起了一个绰号——杨小狼。

杨挂帅不喜欢"杨小狼"这个绰号，结果，一个"小狼"就像一根绳子似的捆住了杨挂帅训练场上的手脚，杨挂帅开始变得小心翼翼。但这样一来，虽然表情不"狼"了，但训练效果却明显打了折扣。

战士互相起绰号，问题说大不大，说小也不小，咋解决呢？

再次训练的时候，巴兴拿了连队装备的 DV 摄像机，摄录下了战士们训练场上的点点滴滴，然后在电脑上进行了一番精心剪辑。周二又轮到巴兴上政治课了，巴兴说："同志们，上教育课之前，我先播放一段视频。"

一听播放视频，战士们眼睛全都放光了。啥视频？好看吗？

巴兴启动投影仪，屏幕上出现了战士们热火朝天训练的画面。

"原来是咱们训练的视频啊！"战士们看到自己上了银屏，一个个愈发兴奋。视频很快播放到杨挂帅出场进行单杠训练，画面上有人发出"杨小狼"的嗤笑声，杨挂帅低下了头，嗤笑"杨小狼"的战士也低下了头，课堂上顿时变得异常安静。

视频放完后，巴兴语气平和地说："我想大家看过这段视频都会有不同的感想。我要强调的是：战友之间开玩笑是可以的，但要把握分寸，尤其是要时时注意尊重他人，和谐的内部环境需要我们每个同志去维护……"

巴兴话音刚落，给杨挂帅起绰号的战士王康便举手站了起来，说："不看视频我没意识到，看了视频，我知道了，我给战友起绰号，伤了战友的自尊，也降低了我自己的品格。现在，我要当着全连战友，真诚向杨挂帅道歉，恳请杨挂帅原谅，也希望全连同志以我为戒，改掉随意给战友起贬义绰号的恶习。"

一段小录像，很轻松地就把起贬义绰号的现象在连队彻底消除了。

绰号或许易改，但心病确是难医。

战士石宝成在四百米障碍考核中不小心失足掉进了一个两米深的沙坑，住了三个多月的院。筋骨痊愈了，心灵深处却种下了"沟壑恐惧症"，他在训练中一遇到跨越沟壑就直往后缩，连队几个班长轮番上阵，使出浑身解数，都不奏效。最后逼得石宝成跟班长们哀求："班长，我实在不是这块料，你们就放过我吧！"

不敢跨越沟壑的士兵当然不是好士兵，巴兴所带的边防连，必须个个都是好士兵。石宝成咋整？

巴兴说："我来吧。"

巴兴在地面上用白灰画了一个与深坑同样宽窄的方框，他亲自带着石宝成跳方框，一跳就是一上午。石宝成跨越方框毫无问题，但方框毕竟不是深坑。石宝成不怕平地的方框，怕的是同样宽度的深坑。

没关系，巴兴自有巴兴的办法。

考核前的一天中午，巴兴带着石宝成和几名战士推了两大车沙子，一股脑倒进了训练用的深坑。两米深的坑，立刻变浅了。

巴兴让石宝成试着跳了一次，石宝成知道坑很浅，奋身一跃，成功了。

下午三点，巴兴有模有样地拿了考核夹子，集合队伍，说："今天下午，我们考核四百米障碍，为了照顾石宝成，我往深坑里填了沙子，两米变成了一米，希望大家考出更好成绩！"

考核开始，第一个被安排出阵的就是石宝成，只见他劲头十足，

⊕ 大鹏展翅

毫无恐惧，飞奔向前。待考的战友们都给他鼓劲儿，考场上"加油"声震天。

越过一道道障碍，石宝成很快就来到了深坑前，因为石宝成脑子里装的是深坑只有一米，浅得很，所以他毫不犹豫，想都没想，嗖地便跨越过去了。

"成功了！"全场一片欢呼。

石宝成愣了一下，觉得情形有异。他回过头一看，果然沙坑变深了，压根就不是一米，而是标准的二米。

原来考核前，巴兴又带了几名骨干偷偷把填入坑里的沙子挖走了。

坑里的沙子挖走了，堵在石宝成心里的那些沙子由于他的成功一跃，也被挖走了。石宝成从此再也不怕深坑了。

本性也不难移

中国有句俗话："江山易改，本性难移"。

五班战士宋健和潘金瑶，两人同是东北人，但宋健是全连有名的"急脾气"，走路"飕飕"，说话"咔咔"，嘎巴溜脆，一点不拖泥带水。潘金瑶呢？却是个"慢性子"，走路稳稳当当，说话文绉绉的，干啥都慢慢腾腾的，说是"慢工出细活"。

同在一个班，一"急"一"慢"凑到一块儿，难免会有一些小摩擦。摩擦日积月累，急性子看慢性子别扭，慢性子看急性子可笑，谁看谁都有点儿不顺眼。

一次熄灯前的卫生清理，宋健见潘金瑶不紧不慢的，一时耐不住性子，就冲潘金瑶说："马上就要熄灯了，你就不能快点！"

"你快，你来！"潘金瑶没好气地回了一句。

宋健来火了，情急之下，一把推开潘金瑶说："我来就我来，你滚一边儿去。"

这下，潘金瑶也火了。两人摩拳擦掌，眼看就要动手，班里其他同志赶紧上前拉架。就在这时，指导员巴兴过来了。

"你们俩都到连部来。"巴兴沉着脸道。

士兵吵架，撞到了指导员的枪口上，这祸不是闯大了吗？

两个人每人心里都揣了一只小兔子，灰头土脸地跟着巴兴来到连部。

巴兴当然深知两人的秉性，他瞥了两人一眼，只见宋健扭着头，嘴里不断吐着粗气，还一副气哼哼的样子；潘金瑶低着头，满脸写满了怨气。

巴兴没吭气，从书案上拿出两张白纸，递到两人面前。

"甭说了，这是让我们写检查！"两人这次不约而同地想到一起了。

没想到巴兴不紧不慢地说："我这次不批评你俩，也不让你们写检查。"

不让写检查，给纸干什么？两人有点儿发蒙。

"这两张纸，你们拿去专门写三个问题：第一，对方的优点有哪些；第二，对方曾经帮助过自己什么；第三，对方做过哪些事最让你感动。"

天啊！原来不让写检查，让写对方的好处啊。

彼此正在气头上，这好处咋写？可是指导员发话了，不写又不行。两个人偷偷地你瞅我一眼，我瞅你一眼。咋整？写吧。没挨批评，没让写检查，给足了你面子，你还不知趣啊。

潘金瑶想了想，先开始落笔："去年冬天半夜下岗时，宋健看屋子里很冷，就往我被子上盖了大衣。"

宋健看潘金瑶动笔了，也开始下笔："去年我烧锅炉时，潘金瑶看我回来得晚，每天都提前替我把被褥铺好。"

怪了，本来仿佛千斤重的笔，一写起对方的好处，竟然停不下来了。五分钟、十分钟……半个小时过去了，雪白的纸上早已写得满满当当，两人依然意犹未尽。

"指导员让你俩过去。"文书方龙的声音打断了两人的思绪。

再次站到巴兴面前，两人早已没有了方才的一腔怒气，彼此都有些不好意思。

"把你俩写的都念一遍，宋健你先来。"

"是。"

宋健开始念："潘金瑶知道我喜欢吃辣白菜，外出时曾给我买过好几次；我每次长跑，快坚持不住的时候，潘金瑶都给我加油……"

读着读着，宋健的声音有点儿颤抖了。读到最后，竟然抹了抹眼泪。

轮到潘金瑶，潘金瑶显然已经被宋健历数自己的"好处"和宋健的眼泪感动了，潘金瑶一开始的语音就有点儿哽咽。

"当新兵，我有一次打球时手受了伤，宋健每天给我打饭，

⊕ 过节的活动是拔河

洗澡的时候还给我搓背，而且我到现在还记得他见我受伤时那种紧张焦急的眼神……"

没读几条，潘金瑶两眼的泪水已经流下来了，再也读不下去了。

"好了，今天就到这儿吧。回去好好睡觉。"

巴兴没讲一句大道理，也没批评一句。然而那一夜，宋健和潘金瑶两人很长时间都无法入眠，以往对方善待自己的一点一滴不断在脑海中闪现。

"战友啊，战友！亲爱的弟兄！当心夜半北风寒，一路多保重……"

为什么总是在分手的时候，才感受到对方的珍贵？为什么不能在并肩的时候，彼此热情相依？人生最可依赖的，不是与你素不相识的人，而是与你有过交往的人，哪怕这个人曾经是你的对手，战友就更不用说了。战友与战友，一生是诤友。

从此，宋健与潘金瑶不但消除了"隔阂"，而且成了一对铁搭档。

意外出现的黑马

时空再次回到比武擂台，在场的考官们看到巴兴停止了纸上的书写，抬起头，准备开始回答问题了。

巴兴说："地震现场惨不忍睹的场面给战士造成心理上的强刺激，这属于一个非常典型的'应激心理信息反应'。面对这种情况，光靠思想教育和一般的思想工作效果并不明显，必须对症下药，通过心理疏导去解决。"

开宗明义，讲得不错，在场考官眼里流露出赞许的光芒。

巴兴接着说："具体的方法，首先我们针对所有的人，开展一些群体性活动，譬如先通过'个人倾诉法'，让战士进行倾诉。因为倾述可以缓解压力。每个人有什么压力，都让他讲出来，让他宣泄一下。再就是'群体倾诉法'，组织一群人坐在一起讲。还有就是我们可以像开展战时思想政治工作一样，见缝插针地搞一些活跃氛围的活动，让大家在精神上放松下来，这是一。接下来就是针对个别人对症下药。因为每一个个体的情况都不同，见到的情形也有不同，感受更有不同。针对个体，我们既要做思想工作，又要利用连队或团里的心理咨询师，由他们进行个人心理疏导，这种心理疏导是很有必要的。如果我们断定某个士兵已经由心理问题转变成心理疾病的话，那我们就不能随便说话了，因为随便说话有可能适得其反，加重病情，可能会由于非专业疏导而疏导出问题来。遇到这种情况我们必须及时上报，通过有关部门专业的心理医生来帮助解决问题。心理问题和心理疾病是两个层面的，心理问题可以疏导，心理疾病则需要专业治疗。我们基层的心理咨询师能进行一般心理问题的咨询服务，但却治理不了心理疾病。特殊的'心病'必须由专家对症的'心药'来医。"

巴兴回答问题的时候，全场鸦雀无声，所有人都聚精会神地倾听，当他回答完问题，全场立刻响起了从未有过的热烈的

⊕ 铭记战史

掌声。

分区政治部副主任高昆一颗悬着的心突然一软，仿佛被泪水浸湿了。

一堂课加一个现场抽题解答，去掉一个最高分，去掉一个最低分，巴兴最后的得分是 98.09 分，这是所有竞技高手中所获得的最高分。

评委、国家语言应用司司长姚喜双非常激动，他点评说："这道题对于军队一个基层政工干部，可以说非常意外，非常难。没想到这么年轻的小伙子，回答问题会如此专业，用词这样精炼、准确，心理素质这么过硬，很不简单。"

一张考卷、一堂课加现场抽题解答，三场擂台赛，总分公布，巴兴这个名不见经传的偏僻边防连队指导员，获得了全军"四会"政治教员比武第一名！

一匹意外的黑马就这样出现了。

巴兴，扎根边防基层的优秀"党代表"，个人被评为"全军十大学习成才标兵"，被全军表彰为"四会"政治教员标兵、"军魂永驻"读书学习竞赛优胜个人，被沈阳军区评为"学雷锋标兵"，他所带的连党支部被评为全军"创先争优先进基层党组织"，所带的连队被军区评为"学雷锋标兵单位""学习贯彻科学发展观先进单位""红旗观察哨"，三次荣立集体二等功，两次荣立集体三等功。

巴兴，他的强军梦从鸭绿江畔荒凉的"情人岛"开始，如今他仍旧拼搏在追梦的路上。荒凉"情人岛"，追逐强军梦。我们有理由相信他还会不断地获得成功！

（图片摄影：吕永岩、邢海波、宋志国、梁广军、刘少平、孙继兴、高君光、吕杰、张佩义、孙文瑞、徐波）

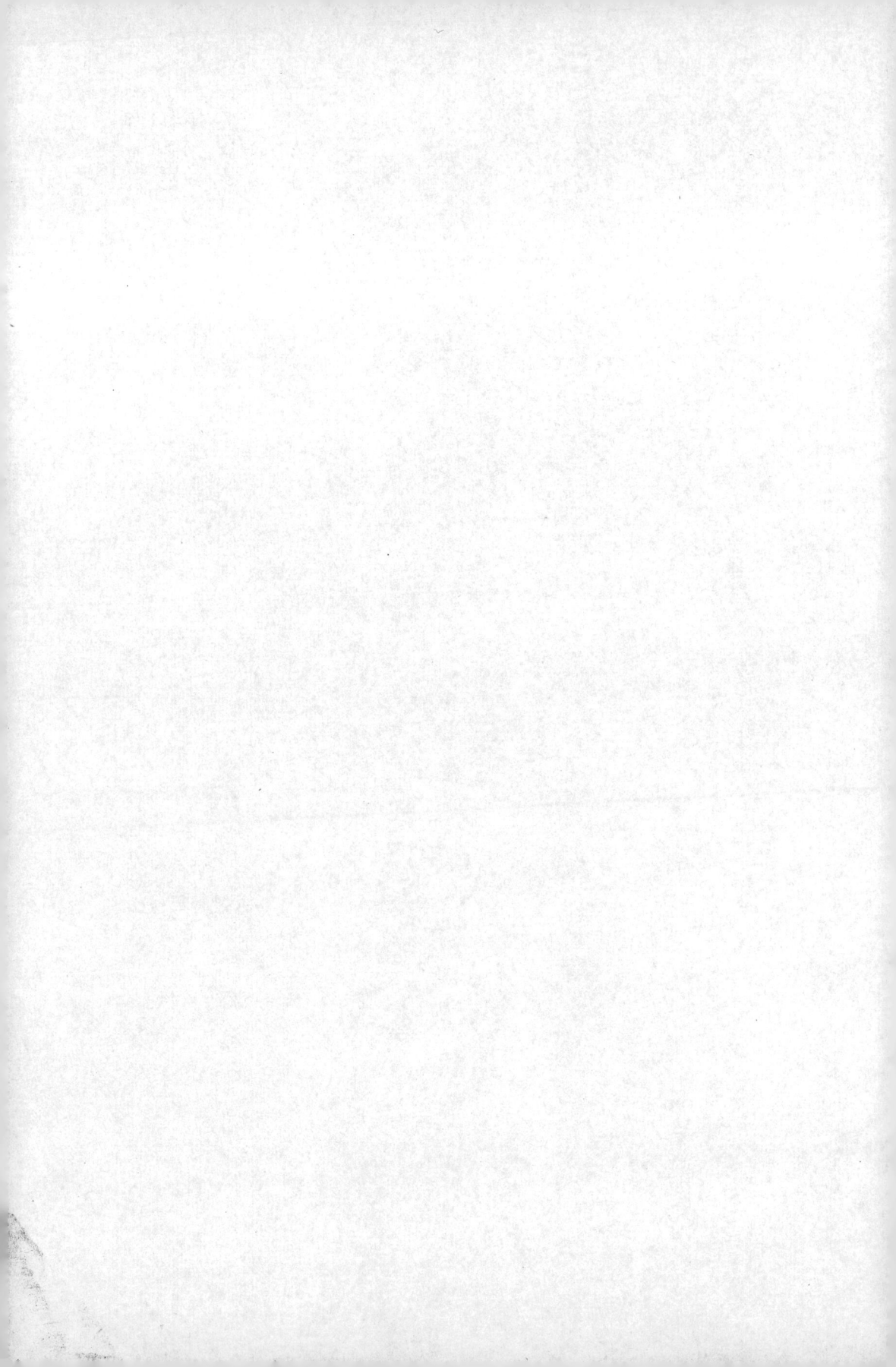